ホーンテッド・キャンパス
水無月のひとしずく

櫛木理宇

角川ホラー文庫
20604

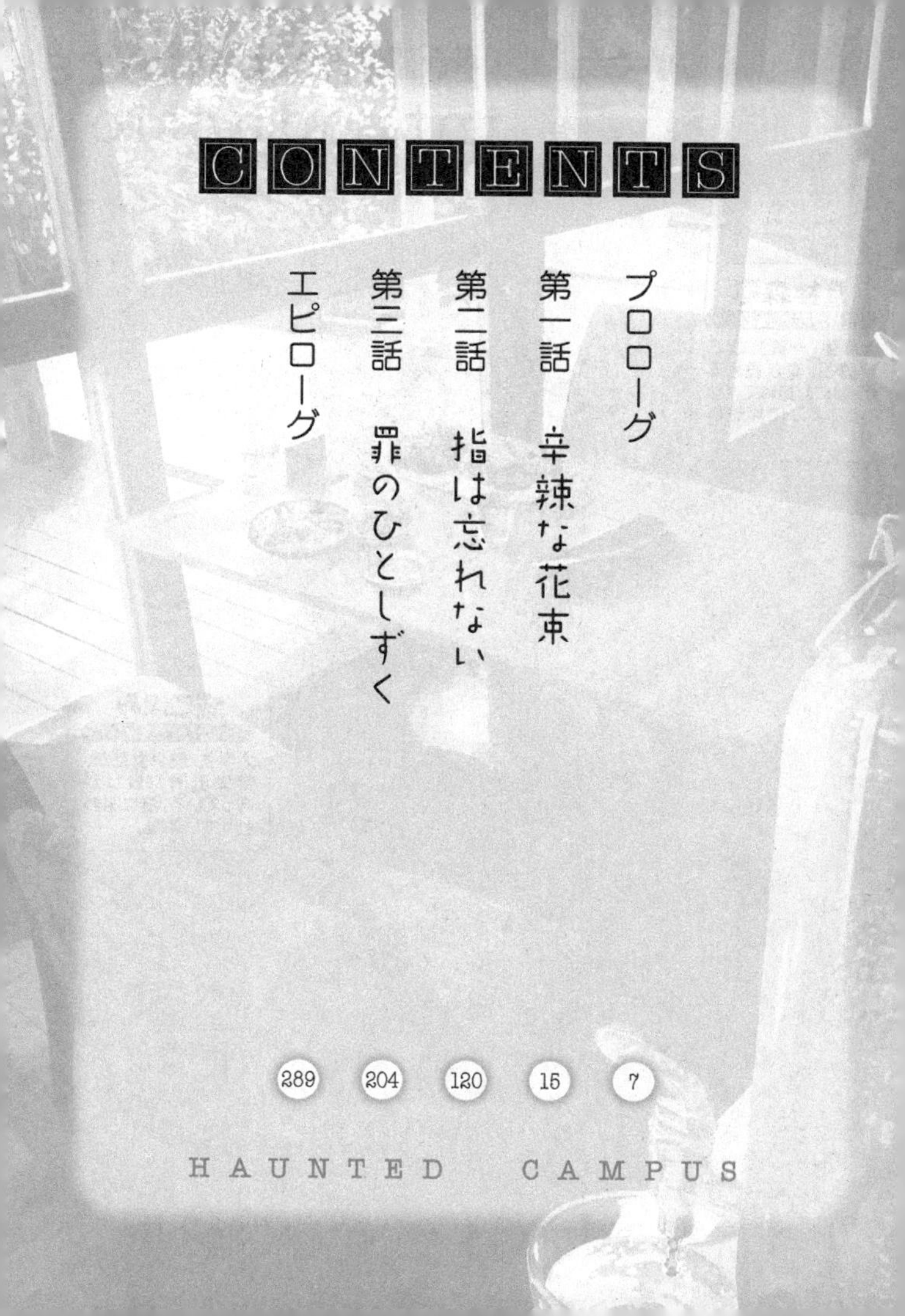

CONTENTS

HAUNTED CAMPUS

Characters introduction
八神森司《やがみ しんじ》
大学生(一浪)。超草食男子。霊が視えるが、特に対処はできない。こよみに片想い中。
灘こよみ《なだ こよみ》
大学生。美少女だが、常に眉間にしわが寄っている。霊に狙われやすい体質。
イラスト/ヤマウチ シズ

HAUNTED CAMPUS
黒沼麟太郎《くろぬま りんたろう》
大学院生。オカ研部長。こよみの幼なじみ。オカルトについての知識は専門家並み。
三田村藍《みたむら あい》
元オカ研副部長。新社会人。身長170cm以上のスレンダーな美女。アネゴ肌で男前な性格。
黒沼泉水《くろぬま いずみ》
大学院生。身長190cmの精悍な偉丈夫。黒沼部長の分家筋の従弟。部長を「本家」と呼び、護る。

HAUNTED CAMPUS
鈴木瑠依《すずき　るい》
新入生。霊を視ることができる。ある一件を通じ、オカルト研究会の一員となる。
小山内陣《おさない　じん》
歯学部に通う大学生。甘い顔立ちとモデルばりのスタイルを持つ。こよみの元同級生。

プロローグ

HAUNTED CAMPUS

「最近、灘《なだ》さん元気あれへんと思いません？」

正面に座った同い年の後輩にそう言われ、八神森司《やがみしんじ》はすこし目を見ひらいた。

「……鈴木《すずき》もそう思うか」

森司はテーブルに肘《ひじ》を突いて前傾姿勢になった。

場所は繁華街に建つドトールである。窓際に並ぶ二人掛けの狭いテーブルで、向かいあわせに座った鈴木瑠依《るい》はトレードマークのキャップをはずし、カフェ・ラテのカップに口をつけていた。

窓の外はいまにも降りだしそうな曇天だった。

どうにもミラノサンドが食べたくなって森司が鈴木を誘ったのが三十分前。注文を済ませて二人で席についたのが十分前のことだ。会話のわずかな切れ目を狙ってきたあたり、さっきの鈴木の台詞《せりふ》は重々タイミングをはかって発せられたものだろう。

森司は食べかけのミラノサンドをトレイに置いて、

「じつはおれも気になってたんだよなあ。ちょっと前もやっぱり元気なかったみたいでさ、そのときは藍《あい》さんに言われるまで気づかなかったんだけど……。一時期は持ちなおしてたのに、最近はおれでも察せるくらい表情が暗い」

「あのポーカーフェイスの灘さんが、おれや八神さんに勘づかれるほど浮かない顔に見えるってよっぽどですよ」

鈴木は目にかかった前髪をかきあげた。

女と見まごうその美貌《びぼう》には、森司も最初こそ驚いた。しかし見慣れてしまったいまではなんとも思わない。いかに睫毛《まつげ》が長かろうと、唇がほんのり赤かろうと「ああ鈴木だな」以上の感慨は湧かない。

「八神さん、なんかしたんと違います？」

「し、してないよ」

森司は即座に否定した。だが一拍置いて考えこむ。そういえばなにかした——いや、しかけたような気がしないでもない。

微妙にあいた間にぴんと来たのか、

「心あたりあるんですね」と鈴木が追い打ちをかける。

「いや、あるというか——あるようなないような、程度だけども」

森司は言葉を濁し、コーヒーの残りをがぶりと飲んだ。

彼が灘こよみにあやうく告白しそうになったのは、十日ほど前のことだ。

——きみといると、おれは、いまよりもっといい自分になれる気がする。うまく言えないけど……きみはおれに、自信とか、モチベーションとか……とにかく、いつもいろんなものをくれる。

――おれは、きみが。

――きみのことが、その……。

そこまで言いかけて邪魔が入った。いま思えば入ってくれてよかった、と思う。

まさに天の配剤だ。あれは完全にただの勢いであり、とうてい告白するにベストなシチュエーションとは言えなかった。

どうせ想いを打ちあけるならば、もっとムードある場面で、かつ凝った演出など加え、懐に指輪など隠し持ち、さらに体調を万全にととのえておくのがベストであろう。ちなみに最後の体調云々《うんぬん》は、おそらくイエスと言われてもノーと言われても心臓がまずいことになるからだ。

とはいえ勝算がないわけではない、と森司は思う。

うまくいく確率は六割――いや、五・五割くらいはあるのではないだろうか。自惚《うぬぼ》れかもしれないが、このところ順調に好感ポイントを稼げている気がする。高校時代からは考えられぬほど、彼女と距離が縮まっているのを感じる。

だがもしこよみの元気がない理由が、森司の告白未遂の件にあるとしたなら。

一・森司の告白を断ろうと、ストレスを感じ気が重くなっている。

二・森司の告白を受けるべく、いまから緊張し気もそぞろである。

果たしてどっちだろうか。

後者なら嬉《うれ》しい。しかしやはり最近のこよみは「憂い顔」としか形容できぬ表情であるとも思う。

――〝せめてそれまでこの関係を保っていたい。台無しにしたくない〟という思いは罪ですか。安易な気持ちで、他人に告白という重大な行為を奨励しないでください。

かつて自分が発した台詞が鼓膜によみがえる。

これは本心だ。そして困ったことに、想いを口にしようとしたあの瞬間の衝動もまた、本心からのものであった。

と、すっかり己の思考にはまりこんでいた森司に、

「八神さん？」

鈴木が眉根《まゆね》を寄せる。

「あ、悪い」

慌てて森司は顔をあげた。冷めたブレンドコーヒーのカップを押しやり、向かいに座る彼を片手で拝む。

「鈴木にまで心配かけて悪かったな。近いうち、それとなく灘に訊《き》いてみるよ」

それとなくだの、さりげなくだのは正直苦手だ。スキルもテクニックも自信がない。

だが、だからといってスルーしていい局面ではなかった。こよみちゃんの心にもし憂いがあるならば、それはなんとしても取り除かねばなるまい――たとえ原因が、おれ本人

だとしても。

　そんな森司の思いを知ってか知らずか、

「頼みます」

　と鈴木はうなずき、食べ終えたクロックムッシュの包み紙をくしゃっと丸めた。

「他人事《ひとごと》とはいえ、こっちまで気になってしゃあないですからね。四六時中気がかりってほどじゃないですが、こう、喉《のど》に小骨がひっかかった感じというか」

「な、なんかごめんな……」

　なぜか森司は謝って、窓の外へ視線を流した。

　いまにも降りだしそうな空は、薄墨を流したようにどこまでも灰いろだった。


　バイト先のパン工場へ向かう鈴木とはドトールの前で別れ、森司はバスで大学へと戻った。

　この季節の大学構内は来たる夏をひかえて節電の時期であり、いつも薄暗い。昼休み明けだというのに、どの学部棟も遠目にどんよりと沈んで見える。

　森司がとっている次の授業は『マーケティング管理論』だった。しかしその講義まで、丸一コマぶん時間に空きがある。

　――さてどこで時間を潰《つぶ》すか。

　図書館かそれとも部室か、と考えながら歩を進めていく。ふと、道行く男子学生たちがある一点を見つめながらにやついているのが視界に入った。

この表情には覚えがある。

森司は顔をあげ、彼らの視線の先へ目をすがめた。

果たして舗装された並木道のなかばで、二人の美女が立ち話をしている姿が見えた。

一人は長身のロングヘアで、センタープレスの入ったサブリナパンツに麻の白いシャツ。もう一人はショートカットの艶《つや》やかな黒髪が、淡色の七分《しちぶ》袖《そで》ブラウスとAラインのスカートによく映えている。

——こよみちゃんと、藍さん。

森司はその場に立ちどまり、思わず見とれた。

オカルト研究会元副部長の三田村藍《みたむらあい》と、同じく部員の灘こよみだ。

彼女たちと出会ってすでに数年が経つが、それでも美しいものは美しい。こうして距離をとると、古ぼけた学部棟とのコントラストでさらに藍とこよみの存在が際立つ。タイプの違う二人が揃っているのがまたいい。美の二乗だ。相乗効果である。

視線に気づいたのか、藍が振りかえった。

「あれ、八神くん？」

「あ、はい。どうも」

周囲の羨望《せんぼう》の視線を背に、森司は小走りに二人へ駆け寄った。藍がなぜかほっと頬をゆるめて、

「よかったあ、いまちょうど八神くんの話してたとこだったのよ」

「お、おれの？」

「そうなのよ。こよみちゃん、さあ」

言って言って、と藍が笑顔でうながす。

こよみが神妙な顔で一歩前へ踏みだした。

「あ――あの、先輩。じつはわたし、お願いがありまして」

「お願い？　なに？」

森司の声がうわずった。不安とともに期待が胸をよぎる。すでに呼吸がやや苦しい。

こよみがわずかに視線をはずした。

「あの、ほんとうにわたし、こんなことを先輩に頼むなんて、まことに心苦しいんですが……」

藍と目を見かわしてから、こよみは意を決したように言った。

「わ、わたしの――恋人になってもらえませんか」

一瞬、森司は目の前が暗くなるのを感じた。

はたと気づくと、頭上には抜けるような青空が広がっていた。ふわふわの羊雲が浮かんでいる。そして足もとには澄んだ清流がそよぎ、向こうの岸はいちめんのお花畑であった。「しんちゃーん」と、八年前に死んだおばあちゃんが笑顔で手を振っている。

「待った！　八神くん待った！　ごめん、正気に戻って！」

どこか遠くで、慌てふためく藍の声がした。

森司の意識が急激に引きずり戻される。彼は呻《うめ》いた。

「き、きれいなちょうちょが。川の向こうに、大好きだったおばあちゃんが」

「うわああ駄目！　待って！」

藍に胸倉を摑《つか》まれ、力まかせに揺さぶられる。

「聞いて八神くん！　ふりだから！　今回はふりだけ！」

「ふ、ふり？」森司は薄目をひらいた。

藍が絶叫する。

「そう、ごめんね！　ほんとにごめんだけど、今回は演技なの！　だから早く戻ってきなさい！　その川だけは渡っちゃ駄目よ！」

第一話　辛辣な花束

HAUNTED CAMPUS

1

霧のようにこまかい雨が、町全体をしっとりと包みこんでいる。

気象庁による梅雨入り宣言はまだ先だが、ここ数日というものずっと雨模様だ。大降りになる様子はなく、ひたすらにしつこい地雨がつづいている。デートの高揚を冷ますほどではないにしろ、道行く人びとの表情を曇らせるには十分な天候であった。

「そういや未亜《みあ》ちゃん、『マッドマックス　怒りのデス・ロード』、ほんとに一回も観たことないの？」

青信号に変わった横断歩道を渡りながら、烏丸《からすま》が尋ねる。

「ないの。ずっと興味はあったんだけど、なんとなくいままで観ないで来ちゃって」

目指すコンビニの看板を眺めながら、未亜は笑顔で答えた。

烏丸侑基《ゆうき》と未亜が出会ったのは去年の春だ。一般教養のクラスが同じで、履修科目が多く重なったこともありすぐに親しくなった。

お互い気があると察し合ってはいたものの、半年以上「友達」としてのみ遊ぶ関係がつづいた。業を煮やした未亜がバレンタインに攻勢をかけ、それを契機にようやく交際に至ったという流れである。

「侑《ゆう》ちゃんと付き合うことになった」

と友人たちに報告したときは、

「遅《おそ》っそ！　あんたらまだそんな段階だったの？　いまどき中学生でも、あんたらの三倍は進展早いよ！」

と呆《あき》れられてしまった。

――でも今日はついに、アパートにご招待だもんね。

隣を歩く烏丸が、武骨な蝙蝠傘《こうもりがさ》を肩で支えて問う。

「じゃあ『マッドマックス2』は観た？　無印版はともかく、こっちは世界観的に『デス・ロード』の前に観といたほうがいいと思うけど」

「あ、そっちは何度も観てるよ」

未亜はうなずいた。

付き合うと決まったあとも、烏丸はなかなか彼女を部屋に呼んでくれなかった。もしかして二股《ふたまた》で、彼女と同棲《どうせい》中なんじゃないかと未亜があやしんだほどに頑なだった。

しかし今年度に入って、烏丸の態度はころりと変わった。

「大家さん家《ち》の猫が可愛いから、見に来ない？」

「裏庭の花が咲きそうだよ」

などと、いままでが嘘のように見えすいた誘いをかけてくるようになった。

はじめのうち未亜はその変化に戸惑った。安心するより警戒心が湧いて、しばらくは様子見に徹してしまったほどだ。しかし彼がもとの引っこみ思案、もとい慎重派に戻る気配はなかった。

——ほかの女の影はないみたいだし、大丈夫かな。

そう判断してお泊まりデートにOKを出したのが先週の金曜。土日を挟み、「未亜が観たかった映画を一緒に観る」という名目でアパートを訪れたのが月曜——つまり今日であった。

「最初は小学生のとき、地上波で観たんだったかな。うちのお父さんが『北斗《ほくと》の拳《けん》』好きでさ、ケンシロウの元ネタだぞー！って半強制的に観させられたの」

「マジか。お父さん、おれと話が合いそうじゃん」

俄然《がぜん》会うの楽しみになってきたな、とつぶやく烏丸に、

「え、いきなりそこ？」と未亜は笑った。

さすがに親どうこうはまだ気が早いんじゃない——と言いかけた未亜の視線が、一点でふと止まる。

彼女の眼は道端の電柱に向けられていた。

いや正確には電柱の根もとに、だ。

そこには白を基調にした花束や缶ジュース、女の子が好きそうな人形、ぬいぐるみの類《たぐい》が整然と並べられていた。そして雨避《よ》けだろう、全体を覆うように透明の大きなビニ

ールがかぶせてある。

「……事故があったんだね」

思わず声のトーンが落ちた。

なぜだろう、目が離せない。ついさっきまでの浮かれていた自分を、申しわけなく感じてしまう。

未亜の肩を烏丸がそっと抱いて、

「そんなじろじろ見てちゃ悪いよ、行こう」とうながした。


「あれ、本降りになっちゃってる」

コンビニを一歩出て、傘立てのビニール傘に手を伸ばしながら未亜は嘆息した。

「ほんとだ。こりゃ近道して帰ったほうがいいかな」

烏丸が蝙蝠傘を広げて言う。

「え、近道なんてあるの？」

「ほんとは私有地だから通っちゃいけないんだけどさ。けど枝を折ったり悪さしないならってことで、たいていは黙認されてんだ」

烏丸は目を細め、こっちこっち、と未亜を手まねきした。いいのかなと思いつつ、未亜も彼のあとにつづく。

「未亜ちゃん、そこ枝あるよ。ぶつからないようにね」

「ありがと、でも大丈夫。あたしビニ傘だから視界悪くないの。それより侑ちゃんこそ前見て——」

歩いて、と言おうとして未亜は息を吞《の》んだ。

——あれ？

目の前のブロック塀の端に、透明なビニールの雨避けをかぶった品々があった。花束、缶ジュース。人形にぬいぐるみ。コンビニに向かう道程でも見た光景だ。

——ここでも別件の事故があったのだろうか。

未亜は訝《いぶか》った。

だがそうではない気がする。体の奥で警報が鳴っている。

だってあの、金盞花《きんせんか》とスターチスを添えた大きな百合《ゆり》の花束。被害者が生前に好きだったのか、オレンジジュースばかりで揃えられた缶。特徴あるセーターを着こんだハロッズのテディベア。

さっき電柱の下で目にしたのと、まるきり同じだ。

——でも行きとは違う道で帰っているのに、どうして。

戸惑う未亜の耳を、烏丸の鋭い声が打った。

「おい、なにしてんだよ。行くぞ！」

はっと顔をあげる。

烏丸はすでに数メートル前方にいた。傘を右肩にかけ、半身で振りかえるようにして未亜を見ている。

　慌てて「ごめん」と言い、未亜は小走りに彼に追いついた。

「ごめんね。……なんか、ぼうっとしちゃった」

「いや」

　烏丸が歩きだす。未亜も彼と肩を並べて歩いた。

　つい先刻抱いた疑問について、口に出そうとは思わなかった。だって馬鹿げている。フィクションとしてのホラーやオカルトは好きだけれど、超常現象を本気で信じたことは一度もない。そう、きっと、あまり愉快でない偶然が重なっただけだろう。

　そう己に言い聞かせながらも、胸の端が揺れる。わけもなく動悸《どうき》が速まる。

　あの豪華な花束。オレンジジュースにハロッズのテディベア。そして――。

　――そして、あたしにはじめて乱暴な言葉遣いをした彼。

「未亜ちゃん？」

　怪訝《けげん》そうに呼びかけられた。

　未亜はすぐ横の彼をビニール傘越しに見やった。

　烏丸の声音は元に戻っていた。表情だっていつもどおりの、見慣れた彼だ。気弱そうに下がった眉《まゆ》。目尻《めじり》の垂れた草食動物の瞳《ひとみ》。

「ううん。――なんでもない、ごめんね」

　未亜は笑顔をつくった。そうして彼と手を繋《つな》ぐべく、そっと左手を差しだした。

「ちょっと買いすぎちゃったかな」

「いやあ、このくらいなら大したことないって。足らなくてあとで買い出しに行くより、余るくらいのほうがいいんだしさ」

そう言いながら烏丸が、コンビニ袋からビールや酎《ちゅう》ハイの缶を取りだしていく。

「どうする？　ＤＶＤもう観る？」

烏丸が声をかけてくる。冷蔵庫にかがみこんでいた未亜は、肩越しに彼を振りかえった。

「あ、ごめんね。先に部屋着に着替えてもいい？」

じつは勝負服ならぬ、勝負部屋着を用意して来たのだ。流行《はや》りのルームウェア・ブランドのカタログまで取り寄せ、吟味を重ねて購入した品である。

烏丸の許しを得て浴室を脱衣所代わりに使い、未亜は新品のルームウェアに着替えた。ごく淡いパステルカラーで、パイル素材のパーカーとショートパンツが上下ペアになっている。色といいデザインといい、男子受けすること間違いなしのガーリーな部屋着であった。

「お待たせ」

「いや、全然待ってな……」

烏丸が振りかえり、わずかに目を見張る。その表情に「気に入ってくれたみたい」と未亜は安堵《あんど》した。

よかった、はじめてのお泊まりはうまくいきそうだ。さっきすこしばかりおかしなことがあったけれど——ううん、あんなのなんでもない。きっと緊張で、二人ともナーバスになっているだけなんだ。

「あ、ここ座りなよ」

烏丸が頬を赤らめ、自分の隣に置いたクッションを叩《たた》いた。ＤＶＤプレイヤーのリモコンを手に、

「えっと、予告編って観たい派？　それとも飛ばす派？　おれはどっちでもいいんで、未亜ちゃんに合わせるけど」

と早口で言う。未亜はそんな彼を微笑ましく思いつつ、言われたとおり隣へ座った。

「先に乾杯しちゃおうか」

「あ、そうか。そうだね」

烏丸が缶ビール、未亜がペットボトルのお茶をそれぞれ開ける。

「はい、乾杯」

「かんぱーい」

缶とペットボトルをかるく打ちあわせると同時に、玄関ドアを誰かがノックした。

「あれ、誰か来たみたいよ」

「宅配便かな。なにも頼んでないはずだけど……」

缶を置いて烏丸が立ちあがる。

いかにも独居の大学生らしいワンルームのアパートは、テレビの前からでも玄関ドアが丸見えだ。

烏丸が内鍵《うちかぎ》を開け、「はい？」とひらいたドアの隙間から身を乗りだす。

途端、彼が低く呻《うめ》くのが聞こえた。

けして大きな声ではなかった。だが未亜を振りむかせるには十分な声音だった。

「侑ちゃん？　どうしたの？」

「いやなんでもない。なんでもないから」

「嘘」

「なんでもないって――」

駆け寄った未亜の視界をふさぐように、烏丸が立ちはだかった。だが一瞬遅かった。

なかばひらいたドアの向こうに、彼を呻かせたそれの正体を未亜ははっきりと眼で捉《とら》えた。

白だった。そして鮮やかな黄いろと紫。

大きな百合。金盞花。スターチス。

――あの花束だ。

雨の水滴をまとった大輪の百合の花束が、ドアの前に横たえられていた。

「な、――……」

目を疑う。呼吸が詰まり、声が喉《のど》の奥で干上がる。

烏丸が慌ててドアを閉めた。その勢いで、部屋に振動が走る。

「なんでもない。ほんとになんでもないから。ね？」

「でも、いまの――」

「いやあの、ただの落とし物だよ。よくあるんだ。あとで大家さんに届けておくから、未亜ちゃんは気にしないで。ね？」

手を振る烏丸の額は、一瞬にして脂汗で濡《ぬ》れていた。双眸《そうぼう》が泳いでいる。はっきりと彼は狼狽《ろうばい》していた。

未亜は恋人になんと言うべきか迷い、逡巡《しゅんじゅん》した末、

「そ、そうなんだあ」

と強いて笑顔をつくった。われながらうわずった声が洩《も》れた。

だって――と思う。だって、せっかくの夜だもの。こんなわけのわからないことで台無しにしたくない。彼が言う「なんでもない」を信じたい。

二人はぎこちなくテレビの前へ戻り、ふたたび腰を落ち着けた。

しかしリモコンを取りあげた烏丸の手は、小刻みに震えていた。彼の全身から汗が臭った。さっきまでは感じなかったはずの、冷や汗の臭気であった。

「ど、どうする？　予告編、観る？」

「ああ――うん。観ようよ。予告編百連発とか、あたし意外と好きなんだ」

そうだ、派手な映像でも観ていればきっと気がまぎれる。馬鹿な考えや錯覚なんか、娯楽に押し流されてしまうだろう。そうであって欲しい、と祈りながら、

「ねえ侑ちゃん、早く再生して」

未亜はことさらに明るく言った。

烏丸の部屋にあるのはテレビや冷蔵庫など最低限の家電、食卓にも勉強机にもなるテーブル、そして高めのマットレスを敷いた簡易ベッドのみであった。

マットレスは、二人がＤＶＤを観ている場所のすぐ隣にあった。

だから映画の途中で押し倒されたときも、未亜はさほどの驚きは感じなかった。

キスはもう済ませている。彼の誕生日を祝った夜、食事した帰りの歩道で彼に抱きすくめられ、キスされたのだ。

街灯のない真っ暗な道だった。頭上に星だけが光っているのを、未亜はロマンティックだと思った。

――でもこの先はまだ、彼とは未経験だ。

烏丸の体重と荒い息を、やけに鮮明に感じる。伝わる体温が熱い。未亜は自分の腕をもてあまし、彼の背中にまわそうかと数秒迷ってから、真横へ投げだした。

途端、指さきがなにかに当たる。

がさり、という音。かすかに濡れた感触。未亜は首を曲げ、手の先を見た。そして悲

鳴をあげた。

百合《ゆり》の花束がそこにあった。

渾身《こんしん》の力で、彼女は烏丸を跳ねのけた。

「なんなの！」

金切り声で叫ぶ。

自分のものとは思えないほど、ヒステリックな声であった。

烏丸は未亜に胸を押され、無様に尻餅《しりもち》を突いた格好で凝固している。唇は色を失って真っ白だ。頬は蒼白《そうはく》を通り越して青黒い。平常の顔つきではなかった。あきらかに、度を失っていた。

「なんなのよ、これ！　さっきから……気、気持ち悪い……」

語調から、次第に力が失われていく。

だってこれがほんとうに——もしほんとうにあの花束だとしたら、死者に捧《ささ》げられた花だ。気持ち悪いなどと両断してしまうことにためらいがあった。

でも、受け入れられない。この花どうこうじゃない。いまここで、この部屋で起こっている現象そのものが不快だ。信じたくない。

「やだもう……待って。喉渇いた、待って……」

未亜ははだけた部屋着をかき合わせ、のろのろと起きあがった。

冷蔵庫へ向かう。一瞬にして口の中が渇ききっていた。舌が、喉が、甘い水分を求め

第一話　辛辣な花束

ている。

取りだした缶ジュースを開けかけ、彼女は手を止めた。缶にマジックで文字が書いてあるのが見えた。あきらかに女の手による、細く丁寧な文字だ。「果林ちゃん」と読めた。

未亜の頭に、かっと血が昇った。

「ちょっと！　果林ちゃんて誰よ！」

缶を握りしめたまま、未亜は烏丸に詰め寄った。

おびえと困惑が脳を占拠していた。自分でも混乱しているのがわかる。まともにものが考えられない。視界がやけに暗く、狭い。

——まさか、ほんとうに二股だったの。

だからあたしを部屋になかなか招待してくれなかったの。だとしたら、さっきの花は女のいやがらせ？　もしそうなら許さない。馬鹿にするにもほどが——。

そこまで考え、未亜は烏丸の視線に気づいた。

彼の目は未亜が握った缶ジュースに吸い寄せられている、唇が、なにか言いたげに開閉している。声がうまく出ないらしい。だが必死になにごとかを訴えている。

未亜は自分が手にした缶を見た。

短い悲鳴をあげ、彼女は缶を放りだした。

フローリングの床にオレンジジュースが転がる。ジュースのロゴに重なるようにして

マジックで書かれた文字は、

『果林ちゃんへ　どうか安らかに』と読めた。

顔色を失った烏丸が、震えながらにじり寄って来ようとする。

未亜は両腕を振りまわし、「来ないで」と叫んだ。

なぜって――なぜって彼のその膝《ひざ》には。ああ、彼は気づいていないんだろうか。

烏丸の膝には、さっきまで床に投げだされていたはずの花束が在った。

大輪の白百合。金盞花《きんせんか》にスターチス。花弁はわずかに雨の水滴をまとっている。そう、さっきまで濡れた道路にあったことを物語るように――。

未亜は気が遠くなるのを感じた。

2

「教育学部二年、横山未亜《よこやまみあ》です。ええと本日は、同じ学部の早川双葉《はやかわふたば》さんのご紹介でうかがいました。よろしくお願いいたします」

そう言って、パイプ椅子に座る女子学生は丁寧に頭をさげた。

森司は彼女を一目見た瞬間、「あ、モテそう」と思った。

友達感覚で付き合える彼女が欲しい、という男がまさに望むだろうタイプの女の子だ。栗色のショートボブに、メンズライクなダメージジーンズが良く似合っている。

彼女の言葉を受けて、

「ああ、早川双葉さんね。『SNS経由の死神』事件の依頼者さんか。ほんのすこし前のことなのに、なんだか遠く感じちゃうなあ。早川さん元気？」

と微笑んだのは、オカルト研究会の部長こと黒沼麟太郎《くろぬまりんたろう》であった。

雪越《せつえつ》大学の部室棟は、鬱蒼《うっそう》とした木々に囲まれて構内の最北端に建っている。中でもいっとう北端に位置するのが、ここ『オカルト研究会』の部室であった。

オカルト研究会と言っても、森司たち部員が黒魔術やクトゥルフ召喚に日々精をだしているわけではない。部室の内装だって魔術師アレイスタ・クロウリーのポスターと、超自然学の書籍が並ぶ本棚を除いてはじつに簡素なものだ。

普段はむしろお茶会サークルと称したほうが正しいような有様で、室内はコーヒーとヴァニラエッセンスの香りで満ち、雑談と笑い声が絶えないのどかな空間である。――そう、今日のような依頼人が来ない日ならば。

「ああはい、早川さんは元気です。それであの、これ」

緊張した様子で、未亜が洋菓子の箱を差しだしてきた。

「こちらの部長さんには甘いものが喜ばれると、その早川さんからお聞きしまして……。ええと、最近タウン誌でよく紹介されてるお店のフォンダンショコラです。出来立てを買ってきましたので、中が熱いうちにどうぞ」

「ありがとう。いやあ気を遣わせちゃってごめんね」

甘党の黒沼部長が、遠慮ひとつせず笑顔で受け取る。

「ちょうどコーヒーがはいりました」

コーヒーメイカーの傍に立つこよみが抑揚なく言った。

芳醇《ほうじゅん》な液体を注がれた野いちご模様のカップが、まずお客の未亜へ、次いで上座の部長へ、部長の従弟《いとこ》の黒沼泉水《いずみ》へ。そして森司へ鈴木へと順に渡されていく。

「——じゃあさっそくで悪いけど、オカ研《うち》になにを頼みたいのか訊《き》いていいかな。あ、先に言っとくけど、ぼくらお祓《はら》いとか除霊のたぐいは全然できないからね。霊感があるのもぼくの隣にいる泉水ちゃんと、そこの八神くんと鈴木くんだけ。それでいいのなら、話を聞くよ」

そう言いながら、部長はフォンダンショコラにフォークを入れた。漆黒の生地がさっくりと割れ、中から半生のチョコレートが溶けだしてくる。

未亜はといえば自分の買ってきた手土産には手を付けず、まずコーヒーをひとくち飲んだ。あたりに聞こえるか聞こえぬかほどの、ちいさなため息をつく。

チョコレート菓子を嬉《うれ》しそうにぱくついている部長を、彼女は不安げに上目づかいで眺めた。そしてもう一度息を吐いた。

しかし話さずに無駄足を踏むのも業腹と思ったのだろう。意を決したように顔をあげると、

「あのぅ、じつはですね、先日——」

と、彼女は身を乗りだして語りはじめた。

「へえ、事故現場の花束がねえ」

紙ナプキンでお行儀よく口を拭《ふ》きながら、部長が相槌《あいづち》を打った。

「ちなみに彼氏のアパートの近所で事故があったというのは、確かな話なのかな？」

「はい。ネットで見つけたニュースによれば、最初に花束を見た丁字路が事故現場のようです」

未亜は硬い声で答えた。

「丁字路の縦線にあたる道路は坂道になっていまして、そこから猛スピードで自転車が走りおりてきたとみられています。被害者の女子小学生は下校途中、その自転車と運悪く接触したみたいで……。女の子は道路に頭を打って、搬送された時点ですでに重体でした。死亡が報道されたのは、事故の二日後です」

「気の毒に。で、自転車の主は？」

「その場から逃走したようで、いまだ捕まっていません。日没前でちょうど人通りのすくない時間帯だったみたいです。救急車を呼んだ第一発見者によると、倒れている女の子に気づいたとき、犯人の姿はすでに影もかたちもなかったとか」

「ふうん」

部長がずり落ちた眼鏡を押しあげた。

ありました」

「目撃者がないのに自転車の轢《ひ》き逃げと断定されたってことは、おそらく道路にブレーキ痕《こん》があったんだろうな。破損したパーツの類《たぐい》なんかも落ちてたかもしれない。自転車の轢き逃げって、目立って報道されないだけで意外と多いんだよね」

「そういや実家の近所でも、自転車にぶつけられておばあちゃんが腰の骨を折る事故がありました」

と挙手して森司は言った。つづいて鈴木が、

「まさにバイトの同僚が、暴走自転車に撥《は》ね逃げされて一箇《か》月休んでますよ。工場を出た帰りの事故でしたが、労災認定の基準を満たしてなかったとかで、だいぶ治療費に苦労しとるみたいです」

「おれも似たような話を知ってるな。バイト仲間が自販機の前にしゃがみこんで補充作業をしてたら、曲がりそこねた自転車に後ろから思いっきり衝突されたらしい。その犯人も、謝罪の一言もなくさっさと逃げちまったそうだ。たかが自転車と思ってるからか、ぶつかっても車ほど加害者側が深刻に受けとらないらしいな」

と泉水も腕組みして言う。

部長がちょっと唇を曲げて、

「なるほど。車は走る凶器だとはよく言われるけど、自転車については危険性があまり喧伝《けんでん》されないもんね。ぶつけた加害者側も『大したことじゃないだろう』と思って罪悪感なしに逃げちゃうわけだ。でもぼくの記憶じゃ……ええと」

こめかみに指を当てた。

「ここ近年、交通事故全体における自転車事故が占める割合は全国で二十パーセント弱。うち十三から十四パーセントが死亡事故となっている。十件に一件以上で死者が出ているんだからけっして低い数字じゃないよね。とくに田舎より自転車依存度の高い都心じゃ、とっくに社会問題になっているとか」

すらすらと述べたてる部長を、未亜が驚き顔で眺めている。

なんだかすみません、と思わず森司は内心で謝った。すみません、うちの部長は自分の興味ある情報なら、片っ端から脳に蓄えておけるちょっと特異な人なんです――と。

「まあ、それはそれとして」

当の部長が、音高く掌を打ち合わせた。

「話をもとに戻そう。横山さん自身はぼくらになにを頼みたいの？　例の花束に〝付いてこられる〟のを止めたいってことでいいのかな」

「あ、はい。それはもちろんですけど」

未亜はなにか言いかけ、言葉を呑《の》んでうつむいた。

ややあって、ためらいがちに低い声を押しだす。

「ただその、じつは、一番気になってるのは……」

「なってるのは？」

部長が問う。

未亜は「こんなこと言うの、ひどいと思うでしょうが」と唇を噛《か》むと、

「そういえば侑ちゃんが——彼氏が、その事故があった直後あたりから、自転車に乗らなくなったなって……気づいて」

と一息に言った。

言い終えて、後悔するように掌で口を覆う。その肩がわずかに震えた。

こよみが未亜に冷たい水の入ったグラスを手渡す。「すみません」と蚊の鳴くような声で応《こた》え、彼女はグラスを勢いよく呷《あお》った。

数回大きく肩で息をし、未亜が顔をあげる。

「最低ですよね、自分の彼氏を疑うなんて。ただの考えすぎだって、あたしも自分に何度も言い聞かせてるんです」

彼女は沈痛な面持ちで言った。

「言い聞かせてるんですけど……でも、どうしても気になって。こんなのいやなんです。彼に不信感を抱いたまま付き合いつづけるのも、例の花束がまた現れるんじゃないかって怯《おび》えながら暮らすのも両方いや。それに彼が轢き逃げ犯じゃないのなら——いえ、きっと違うと思いますけど——なぜ被害者の子があたしたちに祟《たた》ってくるのか、その理由だって知りたいし」

膝《ひざ》の上で苛々《いらいら》と揉《も》み合わされる未亜の両手を見ながら、

——いや、残念ながら祟りじゃなくても、〝付いてこられる〟ことってあるんだよ。

と森司は内心でつぶやいた。

とくに森司や泉水のような「視える」体質の人間はそのリスクが高い。彼らは道路の片隅に、公共施設の跡地に、あるいは失火で焼け落ちた家のただ中に、ぼうと立ちすくんでいたり、あるいはうずくまっていたりする。

森司は物心ついたときから、彼らを認めたらすぐに視線をはずすようにしていた。目が合ったなら、あるいは向こうに己の存在を認識されてしまったなら、高確率で〝つきまとわれる〟からであった。

彼らはたいてい寂しがりやで寒がりだ。生者の人肌が好きで、同時に嫌いだ。いったん生者に目を付け、執着しはじめたら生半《なまなか》なことでは離れない。

むろん彼らにべったり憑《つ》かれる対象の約八割は、生前に関わりがあった者である。彼らが遺《のこ》していった恨み、あるいは思慕が此岸《しがん》に爪痕《つめあと》を残すがゆえだ。だがあとの二割弱は、まるで関係のない、ただ運の悪かった人たちだった。

――まあそんなこと、横山さんを怖がらせるだけだから、わざわざ口に出しやしないけどさ。

ひとりごちて、森司はコーヒーの残りを啜《すす》った。

部長がフォークをタクトのように一振りして、

「じゃあこういうことでいいかな？　つまり横山さんは、彼氏がくだんの死亡事故に関与したか否かが知りたいと。そして事件の全容の把握、できれば解明も望んでいる、と」

「はい」

未亜は決然と首を縦に振った。

彼女は膝に手を揃え、オカ研一同に深ぶかと頭を下げてみせた。

「お願いします。被害者に直接関係のないあたしがこんなこと言うのは、おこがましいかもしれません。でも――亡くなった女の子のためにも、どうか引き受けてくださるようお願いします」

3

雨は小止みになったものの、相変わらず大気は湿って重い。空は黒灰いろの雲に蓋《ふた》をされ、今日も太陽を拝む機会には恵まれなかった。

まったくわが県の日照時間の乏しさには滅入る――とぼやきながら、森司はアパートのドアノブに鍵《かぎ》を差しこんだ。

長い冬が終わってやっと春が訪れたと思いきや、桜が散ってゴールデンウィークが終わればすぐに梅雨の季節である。四季のめりはりが鮮やかなのも、水不足に縁遠い土地なのも有難いが、過ごしやすい時季はもうすこし長くあってほしい。せめてあと一、二週間は春の恩恵を感じていたかった。

森司はサボテンにただいまを言い、教科書の詰まった帆布かばんを下ろして手を洗った。

――ともかく飯を食おう。

空腹は人間を追いつめ、陰鬱《いんうつ》にさせる。「あたたかい南国ほど、貧しくとも国民性が陽気で明るい」は森司の持論であった。南国は二毛作が可能で、あちこちに果物が実り、また水産物も十二分に獲《と》れ、あくせく働かずとも飢えにくいからだ。

それに比べ雪が吹きすさび凍土が覆う国は、ドストエフスキーだのゴーゴリだの、とにかく暗い。寒さと日照時間の乏しさと空腹は、かくも人を荒《すさ》ませる。

――だからして雪国の人間は、己の精神を健全に保つため積極的にカロリーを摂《と》らねばならない。

先月に引き続き、森司は土鍋《どなべ》で炊く御飯にハマっていた。

だがすでに炊き込み御飯期は越えた。最近の彼はもっぱら、つやつやの白飯に魅力を感じていた。

沸騰した土鍋を弱火にかける間、彼はシャワーを浴びに浴室へ向かった。

炊きあがるまでの時間はおおよそ感覚で覚えてしまっている。髪を洗い、体を洗い、浴室を出ていったんコンロの前へ戻り、ほんの十秒ほど中火にしてから土鍋を下ろす。髪をドライヤーで乾かしてふたたび戻れば、ちょうど蒸らし時間も終えて食べごろであった。

炊き込み御飯期を越えた森司がもっぱら病みつきになっているのは、おむすびだ。米と海苔《のり》の組み合わせに日本人が飽きることはまずない。おまけにサンドイッチやハンバーガーと同様、これ一品で食事としてほぼ完結している。

いやアメリカで子供へ持たせる弁当の多くが「ピーナツバターとジャムのサンドイッチ、ポテトチップス一袋」なのを考えれば、おむすびのほうが栄養面ではかなり勝っているると言えるだろう。

炭水化物はもちろんとして、海苔からはミネラルと鉄分が摂れるし、ツナや鮭からは蛋白質《たんぱくしつ》、胡麻《ごま》からビタミン、高菜から食物繊維などが摂取できる。難点と言えば塩分が高いことくらいか。

炊き立ての熱々を「あち、あち」と言いながら握り、好みの具を仕込み、海苔も自分の好みに巻いてすこし冷ます。

ぱりっとした海苔が好きな人が多いようだが、森司の好みは御飯と馴染《なじ》んで多少しんなりした海苔だ。

今日は実家からもらってきた梅干しに、たっぷりの鰹節《かつおぶし》を混ぜて叩《たた》いた梅おかか。そして、ゆかりふりかけを混ぜこんだ御飯で鮭を包んだおむすびである。

バランスを考えて味噌汁《みそしる》を具だくさんにしたり、野菜炒《いた》めなど添えてみる日もあるが、基本はおむすびと味噌汁から動かない。そこへウィンナーと玉子焼きでもあれば大御馳《ごち》走《そう》であった。

――そういえば子供の頃、母親が甘い玉子焼きを具にしたおむすびを作ってくれたっけな。

看護師の母はいまでも忙しいが、森司が子供の頃は夜勤夜勤で倍もしんどそうだった。学校から帰ると母が寝ていて、食卓にラップをかけた皿が置かれていた光景をよく覚えている。

そんなときのおむすびは、甘い玉子焼きや唐揚げが具に入っていることが多かった。母なりに「子供の好きなものを、手軽に食べられるよう」考えた結果らしかった。

二十歳を超えると体が甘い玉子焼きを欲することはすくなくなる。だがこんなふうに昔を思いだしたときは、ふっと食べてみたくなる。うまいまずいではない。純粋にノスタルジーの味というやつだ。

テレビに映る南洋の大自然をぼうっと眺めながら、森司は二つ目のおむすびを胃におさめた。

やっと人心地がつく。

食欲と回顧のみに向いていた、思考の矢印がばらけだす。

脳味噌の表層に浮かびあがるのは今日聴いた講義。部室を訪れた横山未亜。そして、灘こよみの顔であった。

——よかった、今日もこよみちゃんは可愛かった。

充足感がじんわりと熱く胸を満たす。じつは今日も、彼女をアパートまで送り届けてきたところなのだ。さっきの空腹は帰途を遠まわりしたその産物、いや勲章とすら言える。

なぜ遠まわりしたかといえば、理由は三日前のあのときに遡《さかのぼ》る。

「彼氏のふりよ、今回はふりだけ！」

と藍は森司の胸倉を摑《つか》んだまま言った。

彼女に手荒く揺さぶられて三途《さんず》の川から引き返した森司は、

「な……なんでまた、そんなふりをする必要が」

と息も絶え絶えに問いを発した。

藍がわずかに眉根《まゆね》を寄せ、背後のこよみをちらりと振りかえる。

「まあ手短に説明するとね、こよみちゃんの彼氏役を演じることによって、ある人物を牽制《けんせい》してほしいのよ」

「ある人物？」

森司は問いかえした。藍が首肯する。

「そう。こよみちゃんのゼミで指導教員やってる、准教授の角村《つのむら》先生知ってるでしょ？」

「ああはい、顔だけは」

確か五十代はじめの、縁なし眼鏡が似合う優しそうな准教授だ。教育心理学の中でも臨床の分野に力を入れ、医療や福祉に重点を置いて云々《うんぬん》、とこよみから洩《も》れ聞いたことがある。

藍が「知ってるなら話は早いわ」と言葉を継いで、

「じつはその先生のお気に入りでね、助手的なポジションにいる大河内《おおこうち》くんって男子学生がいるのよ。この大河内くんもゼミ生なんだけど、さっきも言ったとおり先生のご贔屓《ひいき》なもんだから、ほかの学生よりちょっとばかり権限があるわけ」

そこが厄介なところでね——と藍は顔をしかめた。

「彼には一つ欠点があるの。女好きで、しかも面食いという欠点が」

「ははあ」

森司は神妙に相槌《あいづち》を打った。

「たいていの男は女の子が好きですね。そして程度の差はあれ面食いの傾向にあると思いますが、なにやら話の方向が見えてきたような」

「たぶん察してる内容で間違いないわ。その大河内くんはね、美人で彼氏がいない——つまり男の後ろ盾がない女子学生に粘着する悪い癖があるのよ。そして今年のターゲットは、どうやらうちのこよみちゃんらしいの」

話の行き先が見えていたにも拘《かか》わらず、森司は「うっ」と低く呻《うめ》いた。抑えようとしても、思わず洩れた呻き声であった。

「そ、それは大変ですね。というか一大事ですね」

「一大事なのよ。だから大河内くんが寄ってこないよう、こよみちゃんの彼氏役をやってくれる男子を急遽《きゅうきょ》募集中なの。そこであたしは、八神くんを推薦しようかと思ってね」

「えっ、おれをですか」

反射的に言わでもの台詞《せりふ》を返してしまった森司に、

「いやなら小山内《おさない》くんに頼むわ」

と藍が背中を向ける。

「そうね、小山内くんのほうがいいわよね。背が高いし美男子だし、こよみちゃんと並んだら、百人中九十九人が文句なしの美男美女カップルが一丁あがり。たいていの男は彼に気後れして、小細工せずとも自然と距離を——」

「わー！　待ってください待ってください、やります！」

森司は泡を食って藍にすがった。

「やる？」

「やります！　いえ、やらせていただきます。おれはこの役目をやるため、現世に生まれてきたのです」

「大袈裟《おおげさ》な」

藍が嘆息して、かたわらに控えていたこよみを手まねきした。彼女の肩を押し、森司の前へ押しやる。

こよみが頬を染め、恥ずかしげに胸のあたりで両手を組み合わせて森司を見あげた。

「先輩、あの……このたびは、大変に面倒なことをお願いしてしまいまして……」

「い、いえ」

至近距離でこよみと対峙《たいじ》させられ、森司の喉《のど》がごくりと鳴る。

こよみが睫毛《まつげ》を伏せた。

「こんなかたちで先輩にご迷惑をかけてしまうだなんて、わたしの不徳のいたすところで、あの、このような事態は、慚愧《ざんき》の念に堪えず……」

「いやそんな、お、お気になさらず」

「わたしとしても非常に遺憾でありまして、心から申しわけないと――」

「もういいから」

政治家の答弁のごとくしゃちほこばって進まない二人を、藍がさえぎった。

「きみたち面白いからもうちょっと見ていたいけど、残念ながらあたしは仕事があるのよ。あとは二人で話し合ってちょうだい。もしなにか相談があったら、メールかＬＩＮＥしてね。じゃあね」

きびきびと言って、パンプスのヒールを鳴らして去っていく。

その颯爽《さっそう》とした背中を見送っていた森司は、

「あの、先輩……」

と呼ぶこよみの声に、はっと我にかえった。

――いかん。

彼女につづきを言わせる暇を与えず、森司は体ごと向きなおって「大丈夫だよ！」と叫んだ。

「大丈夫だ灘！　じつはおれ、経験者なんだ。以前にも板垣果那《いたがきかな》に頼まれて、似たような役をつとめた経験があるんだ」

　こよみが口を「あ」のかたちに開いた。

「そうでしたね、確かあれは――ええと、大学祭前後の時期に」

「そうそう、そのとき。たいして役に立ったわけじゃないけど、一応板垣にはなにもなかったから。だから一応実績はあるんだ。というわけでえーと、まったくの未経験よりは安心というか、ここはひとつ大船に乗ったつもりで」

　身振り手振りを加え、森司は必死になってアピールした。

　この機会を逃してはならない。千載一遇のチャンスだ。たとえ演技に過ぎないとしても、ボディガードにかこつけてこよみちゃんと一緒にいる時間が増える。送迎する言いわけだって立つし、毎日お昼をともにすることだって可能だろうし、あわよくば週末さえ彼女と過ごせるかもしれない。

「小山内はほらその点、歯学部で別キャンパスだからさ。二十四時間灘に付いてるってわけにいかないじゃんか。それにおれ、小山内より断然暇だろ。あいつはエリートの人気者でいろいろ忙しいけど、おれなんか庶民だわ凡人だわ友達すくないわで、筋金入りの暇だから。は、ははは」

　とってつけたような笑いを響かせる。なにを言っているのか、自分でもよくわからなくなってきた。

「と、とにかくあの、おれのほうは問題ないから。いや大歓迎だから。であるからして灘は、えー、いつでも気にせずおれを呼びだしてくれていいよ！」

と、森司が宣言したのが三日前のことだ。

こよみは「よろしくお願いします」、「ほんとうにすみません」と何度も何度も頭を下げていた。そんな彼女をアパートまで送り、部屋の灯《あか》りが点《とも》るのを見届けて、その日は御役御免となった。

——藍さん、ありがとうございます。

思い返して森司は部屋で一人、こっそり掌を合わせた。

この役に推薦してくれたことには感謝しかない。よしんば小山内に任せられていたら、せっかく彼女と近づいたわずかな距離がまた水泡に帰すところだった。

なにしろ歯学部の小山内陣《じん》といえば身長は高く家柄もよく、未来の高収入を約束された坊ちゃんで、顔面偏差値まで高いという好物件だ。おまけに森司と同じくこよみに惚《ほ》れているときている。まともに戦ったなら、いや、戦う仮定さえしたくない相手である。

——でもそれより、今回の問題は。

大河内、という姓を森司は舌の上で転がした。

たぶん彼の顔は知っている、と思う。

森司があやうくこよみに告白しそうになった瞬間、「来週の演習発表がどうのこうの」とこよみを呼び止めた准教授こと角村がいた。おそらくあのとき角村先生のそばにいた男子学生が、くだんの大河内であろう。

背はさほど高くなかった。森司より五、六センチは低いはずだ。しかし太い眉《まゆ》の下でぎょろりと光った金壺眼《かなつぼまなこ》と、胸を反らした独特の姿勢に不思議な威圧感があった。

——先生のお気に入りで、助手的なポジションにいる大河内くん。

——先生のご贔屓なもんだから、ほかの学生よりちょっとばかり権限があるわけ。

藍のその説明で、ようやく腑《ふ》に落ちた気がする。

あの自信に満ちた目つきと姿勢は、要するに准教授の後ろ盾あってのものらしい。角村先生の寵愛《ちょうあい》とやらが果たしてどの程度かは知らないが、あまりたちのよくない相手であるのは確かなようだ。森司の乏しい人生経験上でも、虎の威を借るなんとやらにはろくな輩《やから》がいなかった。

——椿の里の一件で元気がなかったのも、いま思えば大河内某《なにがし》のせいなんだろうなあ。

森司はため息をついた。

電車の中で「なにかあったのか」と尋ねた森司に対し、こよみは「まだゼミに慣れなくて」と答えた。

そのこよみの態度を水くさいと嘆く気は起きない。

彼女の性格ならば無理もないことだと思える。

三日前アパートまで送っていく道程でも、大河内にどうしつこくされたのか、こよみは多くを語らなかった。

「ただあの、これだけは。わたしと大河内さん両方の名誉にかけて、いやらしいことはされていません。これはほんとうです」

決然とそれだけを言った。

森司は「そうか」とだけ応じた。

こよみが言うならそうなのだろう。彼女が断言したことまで根掘り葉掘り詮索《せんさく》し、疑う気はなかった。

――でもなあ。おれが出ていったくらいで、おさまってくれればいいけどな。

胸中でつぶやいて、森司は最後のおむすびにかじりついた。

4

「あった、これだね」

黒沼部長が愛用のノートパソコンのモニタを部員たちに向けた。

液晶に映しだされているのはネット配信のニュース記事だった。日付は約三箇《か》月前で、大手地方新聞による記事である。

『5日午後5時半ごろ、緑区 檜通《ひのきどおり》二丁目において、女子児童が倒れているのを通りかかった男性が見つけ、一一〇番通報した。警察の発表によると、女子児童は病院に搬送されたが、頭などを強く打ち重体』

『7日、緑区檜通二丁目の路上で女子児童がはねられた事故において、檜通に住む渋谷《しぶや》果林《かりん》ちゃん（8）の死亡が搬送先の病院で確認された。果林ちゃんの体にはタイヤでひかれたような痕《あと》が残っていた。現場の遺留品などから、警察は自転車によるひき逃げ事件として捜査する方針を固めている』

「住所や被害者の名前からみて、間違いなさそうだな」と泉水。

「まだ八歳だったんですね。小学校二年生……いや三年生かな？　可愛いさかりだっただろうに、親御さんも悔しいでしょうね」

森司は眉根《まゆね》を寄せた。

「警察は当然として、学校でも『轢《ひ》き逃げ事件の目撃者を探しています』とチラシを配ったり、専用サイトを作ったりして事件解明を呼びかけているようだよ。ただしいまのところ、捜査に役立つ有益な情報はないらしい」

部長が言った。

「事件現場の丁字路は、もともと事故多発地帯だったようです。坂の傾斜が七パーセントときつい上、左右のブロック塀がせりだしていて見通しも悪いんだとか。もちろんカーブミラーは付いているんですが、自転車やスケートボード、ローラーシューズによる接触事故が絶えないみたいです」

と、こよみが地図を印刷したA４の用紙を一同の前に差しだした。

どうやらサイトのスクリーンショットを印刷したらしい。『接触事故多発マップ』と赤字で掲げられた下に地図があり、ポップアップされた画像には『接触事故ランキング・ワースト四位　檜通二丁目の丁字路』等の説明書きが付いていた。

「これ県内四位ってことですか。ええと年間で人身事故五件、物損事故三十四件、負傷者数十八人、死者一人――」

鈴木が顔をしかめて読みあげた。

「地方都市でこれやったら大した数ですよ。しかも国道の近くでもなく、子供がようけ通る道やのに。なんで行政は早く手を打たんのでしょうね」

「朝の通学時間帯は、親御さんたちが当番制で見守り活動をしてるらしいんだけどね。でも帰りの時間は学年やクラブ活動によってばらけるんで、やっぱり完全には目が行き届かないみたいだ」

と部長が応じる。

「丁字路の縦棒は、車が通れない道幅の下り坂。横棒は二車線の道路になっていて交通量はそれなり。ちなみにここで起きる事故で一番多いケースは、坂をノーブレーキで下りてきた自転車と、直進する乗用車との接触だそうだ。横断歩道付きの信号は一応あれど、自転車側の信号無視が多いんだね」

「……こいつは運転手側にしたら、かなりおっかねえ道だぞ」

泉水が唸《うな》った。

「いくらカーブミラーがあろうが、下り坂で加速がついた自転車が死角から飛びだして来るわけだろ？　視認してからブレーキを踏んだんじゃ間に合わん」

「自分の学生時代をかえりみて思いますけど、中高生の頃って運転手側の目線がないし、基本的に怖いもの知らずなんですよね」

森司がつぶやいた。

「事故る寸前のクラスメイトを、間近で何度見てきたかわからないですよ。いま思えばあれって、若さと視野の広さと反射神経でなんとか回避してただけだなあ。中にはロードバイクでベンツに思いっきり追突して逃げた馬鹿なんてのもいたし。おれ自身、自転車の真の怖さに気づいたのは、たぶん免許を取ってからです」

「まあ無謀運転は若者に限りませんけどね」

鈴木が肩をすくめる。

「老人やおばちゃんの自転車もなかなかに怖いもんがありますよ。歩道から急に車道へ飛びだしてきたり、横断歩道のはるか手前を悠々と渡りはじめますよって」

「だねえ。つまり自転車の危険運転ってだけじゃ、犯人の年齢層は絞れないってことだ」

部長が愛用のマグカップを押しやって、

「さっそく現場を見に行きたいとこだけど、先に大学構内で、横山未亜さんの彼氏こと烏丸くんについて聞き込みをしとこうか。――彼女の一番の懸念は、彼が事故に関与しているかどうかだもんね。まずは依頼人の希望が第一だ」

5

「え、烏丸ですか？　ああはい、一年のとき同じクラスでしたよ。横山さんとも」

未亜から「侑ちゃんと親しい男子」と紹介されたその学生は、オカ研一同の来訪に面食らいながらもそう答えた。

「新聞部と共同で企画をやることになってね、モニタの一人として選出されたのが烏丸くんなんだ。企画実行の前にぜひ、彼の人となりについて知っておきたくて」

と黒沼部長が適当にでっちあげた名目を、男子学生は疑う様子もなく受け入れた。

「あいつの人となり？　いやあ、べつに普通だと思いますよ。そこそこノリがよくて、そこそこ真面目で、けど堅物ってほどでもない感じ？　まわりに嫌われてないのは確かです。当たりが柔らかいから、女子にも評判悪くないんじゃないかな」

「そうみたいだね。横山さんと最近お付き合いをはじめたみたいだし」

と部長が水を向ける。

男子学生はちぇっと舌打ちした。

「あーやっぱりですか。横山さん、ひそかに狙ってたんだけどなあ。一時期烏丸のやつが愚図愚図してたから、こっちにも望みがあるんじゃないかって期待したのに」

「あはは。横山さん可愛いもんね。ところでその〝愚図愚図してた〟って、いつ頃のことだろうね？」

「いつ頃って訊《き》かれるとあれですけど、去年の段階からわりとグダついてた、かな？　あんな子から気のあるそぶりしてもらって、なにが不満なんだって傍目《はため》にも苛々《いらいら》したもんですよ。え、バレンタインをきっかけに付き合いだした？　へーえ、そりゃよろしいですねえ」

彼がふたたび舌打ちする。部長は微笑んだ。

「でも横山さんの話じゃ、付き合いはじめて一箇月くらいした頃に、突然烏丸くんの元気がなくなったって言うんだよ。カップルとして一番盛りあがる時期だろうに、なんでだろうね」

バレンタインから約一箇月。つまり例の自転車事故があった時期だ。

男子学生は顎《あご》に指をあて、

「さあ。バレンタインから一箇月なら、ホワイトデイのお返しに悩んでたとかじゃないすか？　ていうか去年の夏くらいから烏丸とはあんまり遊んでませんし。LINE送っても、あいつ既読無視ばっかで。……まあ彼女持ちになっちまったら、付き合い悪くなるのはしょうがないっすけどね」

　と苦笑した。

　森司たちが次に会ったのは、烏丸とは学部で分かれたものの、入学前に同じ予備校へ通っていたという男子学生だった。

「あ、はい。烏丸からチャリ売ってもらったの、おれです」

　彼はあっさり肯定した。

「新品同様とはいかないまでも、きれいなもんでしたよ。えーと確か、買って二箇月経ってないって言ってたかな。ええそうです。買い取ったのは三月のなかば」

「なんでまた烏丸くんは、たった二箇月しか乗ってない自転車を手放しちゃったんだろうね。理由は聞いた？」

「いえ、とくに聞きませんでしたね。よけいなこと突っついて『やっぱりおまえには売らん』なんて言われたら困るし。でもあれじゃないすか？　彼女できたらしいから、チャリより車がほしくなったんじゃないすかね」

「そうそう、彼女できたんだよね。他の子がぼやいてたけど、そのせいか烏丸くん、最近付き合い悪いんだって？」

「ああはい、ここんとこ、誘っても来ないこと増えましたよ。よくある『行けたら行く』って返事して来ないパターンっす。だからこっちもなんとなく誘わなくなったなあ」

と彼は髭《ひげ》の伸びかけた顎を掻《か》いた。

「烏丸の人柄ですか？　うーん、人当たりはいいけど、けっこういい加減なとこありますね。あと気が弱いかな。すぐ長いものに巻かれるっていうか、ことなかれ主義。まあおれも人のこと言えませんけど」

三人目に会った男子学生もやはり、

「いえ、最近あいつとはあまり遊んでません」という反応だった。

「専門科目が別なんで、二年になると自然に分かれたっていうのもありますけど。でもあいつはほら、〝あっち〟の付き合いで忙しいんでしょう」

「あっちって？」

部長が問いかえす。

「あー、あんまりそれについては触れたくないんですが……まあいいか」

と彼は声をひそめ、意味ありげに片目を細めてみせた。

「烏丸のやつ、去年から同郷会に加入したんですよ」

「同郷会」

思わず森司は鸚鵡《おうむ》返しにした。

大学の同郷会といえば、各地方出身の学生が集まって親睦《しんぼく》を深めるどうのこうのというやつだ。県人会と称されることもある。ゼミやサークルの空気とはまた違って、やや特殊な親密性を持つイメージがあった。

「じゃあ烏丸くんって県内出身者じゃないんだ。長野や岩手あたりの県人会があるのは、噂に聞いて知ってたけど」

「いや、あいつは県内の生まれですよ。烏丸が属してる同郷会ってのは、五百原町《いおばらまち》の五百原高校卒の雪大生で固まった、ごく小規模な会のことです」

「五百原町――ああ、元総務大臣の高瀬恒春《たかせつねはる》の地元ね」

と部長が相槌《あいづち》を打つ。

「あそこはいまでも高瀬派の議員や企業ばかりが占めていて独特なんだよねえ。県内が市町村合併ラッシュだったときも、どこ吹く風で応じなかったらしいし」

「そうなんです。ちなみにおれも五百原高校の卒業生ではあるんですが、隣市の生まれなんで同郷会には誘われてません。ま、誘われたとしてもまっぴらですけどね」

男子学生の言葉に、部長が首をかしげた。

「なに、そんなに入りたくないような会なわけ？」

「そりゃあ風通しが最悪ですから。地元民のしがらみべったりで、一度入ったら抜けようにも抜けられない組織ですよ。よく言えば結束力が強い、そのじつは閉鎖的で上下関係のきつい体育会系の準公認サークルです。故郷どうこうじゃなくても、ああいう空気はおれの性に合いませんね」

と彼は肩をすくめた。

三人目の男子学生と別れて時計を見ると、昼休み開始の十分前であった。

ようやく雨は小止みになったようだ。しかし空は相変わらず厚い雲に覆われ、風に揺れる街路樹とあいまって寒ざむしい景色が広がっている。

「ちょうどお昼どきか。どうするみんな？　とくに予定がないのなら、このまま『白亜《はくあ》』でランチでも――」

と黒沼部長が言いかけ、森司の表情を見て言葉を呑《の》む。

緊張で頰を強張《こわば》らせた、ただならぬ彼の形相にいろいろ瞬時に察してくれたらしい。

部長は泉水と鈴木の背にそれぞれ手を当てて、

「と思ったけど、二人の行きたいとこでいいや。ラーメンでも丼ものでも好きなの選んでよ。午後も付き合ってもらわなきゃいけないんだし、ぼくが奢《おご》るから」

と彼らを押すようにして早足で去っていった。

ありがたや、と森司は部長を内心で拝んだ。きっと藍から部長へ、なんらかの形で情報が伝達されているのだろう。気恥ずかしいのは否めないが、先輩たちのさりげない気遣いが嬉《うれ》しい。

「灘」

森司は決然とこよみへ向きなおった。

「お――おれたちも、お昼を一緒にどうかな」

声がうわずって裏返る。

こよみの顔がまともに見られず、微妙に視線をはずしたまま彼はまくしたてた。

「いあやあの、例のあれだよ。例のあれのあれの一環。つまりこう、普段からお互い態度を慣れさせておかないと、いざというときに不自然というか、あれだからさ」

「そ、そうですね」

こよみが視界の端でうなずいた。

「日頃から慣れておかないと、肝心のときに、あれですよね」

「うんそう、あれだ。あれだよ」

「あれですね」

「あれだ」

ぎくしゃくと二人はうなずきあった。森司は横を向いてひそかに安堵《あんど》のため息をつき、
と、ようやく彼女をまともに見た。

「どこへ行こうか」

「ええと、先輩は和洋中だとどれが食べたいですか？」

「おれ？　うーん、そうだな」

こよみに問われ、森司は真剣に考えこんだ。和食は回転寿司や定食屋ならまだしも、女の子と入るような洒落《しゃれ》た店は値が張る印象がある。中華にいたってはラーメン屋とバーミヤン以外心当たりがない。

「洋かな」

消去法でそう答えた森司に、なぜかこよみがほっとした顔になった。

「じゃあ先月、藍さんと行ったお店でもいいですか。臨床基礎論のレポートで煮詰まっていたとき、連れていってもらったんです。洋と言うには無国籍ふうなんですが、ワンコインランチのわりに量があって、男性でも満足できるボリュームかと」

「そうか。——じゃあ、そこでお願いします」

「こちらこそ、お願いします」

ふたたびぎこちない態度に戻り、二人は作動したばかりのロボットのごとく、たどたどしい動きで肩を並べて歩きだした。


雪大から徒歩十分足らずの位置にある、そのカフェは当たりであった。

メニューを見るにアルコールが出せる夜のほうが本番のようで、ワンプレートワンコインが売りのランチは限定五十食だという。

森司は『男子に大人気！』の添え書きがあるトルコライスを、こよみはサラダとミネストローネ付きのパエリヤをオーダーした。

「これは泉水さんが好きそうだな」

運ばれてきたトルコライスとやらを前に、森司は瞠目《どうもく》した。

大きめのプレートに海老《えび》ピラフとスパゲティナポリタン、デミグラスソースのかかった豚カツがいっぺんに盛られた夢のような一品である。ワンプレートといえばちまちまとお洒落に飾りつけられた印象だが、これはビジュアルといいカロリーといい、二十代男性のためのお子様ランチといった趣だ。

「藍さんもそう言ってました。さっそくLINEで画像を送って紹介したんですけど、泉水さんは『そこは男一人で入れる店なのか』と、かなり警戒した様子で」

「ああ、……それはきっと、過去に痛い目に遭ったことがあるんじゃないかな」

想像して森司は遠い目になった。

こよみが真顔で首肯する。

「そのようです。だから近年は、必ず初回は部長と一緒に入って様子見をしてるって言ってました」

「いやでも、この店なら泉水さんも部長も気に入ると思うよ。パスタやデザートだって豊富だし……って、あ、デザート付けたらワンコインじゃなくなるのか」

「次はみんなで来ましょうか。鈴木くんってなにが好きなんでしたっけ」

「ああ、あいつじつはラーメン好きなんだよ、それも魚醬《ぎょしょう》こってり系の。意外だよなあ。小指立てて紅茶をたしなみながらプティフール、みたいな顔してんのに。まあ好きと言いつつ、月に一回行けばいいほうらしいけど」

徐々に弾んできた会話と食事を楽しみながら、あらためて森司は胸を撫《な》でおろした。

なかなかにこれはいい感じではないだろうか。

例の御役目の話が出てから初の会食として、幸先《さいさき》いいスタートな気がする。

ふと、横山未亜から聞かされた台詞《せりふ》を思いだした。

――あんたらまだそんな段階だったの？　いまどき中学生でも、あんたらの三倍は進展早いよ！

知り合って約一年で付き合いだした未亜と烏丸に、友人が呆《あき》れ顔で発したコメントだという。たった一年でそこまで言われてしまうのか、と森司としては複雑な思いだ。

なぜっておれとこよみちゃんの出会いは高校時代に遡《さかのぼ》るからして、知り合ってもう五年目になる。

未亜の友人に言わせるならば、もはやこれは不甲斐《ふがい》ないとかだらしないとかいうレベルではあるまい。男じゃないとまで言われてしまいそうだ。

いやでもそれを言うなら、小山内なんて彼女の小学校時代の同級生ではないか。手をこまねきつづけて十数年ということになる。だからけっしておれだけが不甲斐なく、だらしない男というわけでは――。

弁解気味にそこまで考えたとき、森司とこよみの携帯電話が同時に鳴った。

「あ、部長か」

「部長ですね」

画面を確認し、目を見交わす。

液晶には眼鏡をかけたうさぎのスタンプ付きで「食べ終わった？　問題ないようなら

一時に正門前でね」とのメッセージが表示されていた。

6

「まことに申しわけないんですが――気が進みません」

クラウンの後部座席で、森司は悲愴《ひそう》な声を出した。

同じく後部座席の端に座った鈴木も、おずおずと片手を挙げる。

「正直言って、おれもです。もう降りる前から、ただごとやない道とわかりますわ。ここまで来といてこんなん言うのあれですけど、これほど〝車から出たくない〟と思わしてくれる場所は久々です」

オカ研の五人組は泉水の車で、くだんの事故現場を訪れていた。

森司は薄汚れたサイドウインドウをシャツの袖《そで》で拭《ぬぐ》うと、外の景色に目をすがめた。

なるほど勾配《こうばい》のきつい坂だ。しかも坂道の両側には高いブロック塀がそびえており、見通しは最悪である。道幅は狭く、軽自動車一台ぶんもないだろう。

片側のブロック塀には金属製の手すりが設置されていた。老人や子供のために設けられた手すりに違いないが、森司の目には悪ガキがスケートボードごと飛び乗って滑走するに絶好のポイントに映る。

――そして自転車をノーブレーキで走りおり、度胸試しするにも絶好の場所だ。

坂のふもとには標識板を巻いた電柱が立っていた。これがまた曲者《くせもの》である。坂道から車道へ出る歩行者や自転車にとって、さらなる死角を作りだしている。

被害者を悼んで捧《ささ》げられたのだろう花束や缶ジュースは、皮肉なことにその電柱の根もとに並べられていた。

「ぼくには視えないからわからないけど——どれくらい〝いる〟の？」

助手席の部長が、泉水と森司を交互に見ながら問う。

「そうとうな数、としか言えません」と森司は慎重に言った。

「ていうかここ、丁字路ができるずっと前からやばい場所なんじゃないかな。そういう空間だから自然とこんな道ができて、目隠しみたいな塀が建てられて、あんなおかしな場所に電柱が立っていったんじゃないかと……すみません、うまく説明できないです」

「いや、なんとなくわかるよ」

部長が首を縦にして、

「事故多発地帯とわかっていながら行政が手をこまねいているのも、ひょっとしたら理由はそこにあるのかもね。いわくつきの廃屋を取り壊そうとしたり、忌み地を開発しょうとすると必ず不思議な邪魔が入るってパターンにもちょっと近いか」

と空《くう》を見据えて言った。

「明確な原因がないのに、なぜか事故が起きやすい区間というのは全国に多々あるよね。たとえば東京荒川《あらかわ》の江北橋《こうほく》。その昔、足立《あだち》姫なる豪族の娘が十二人の侍女とともに身投げしたと言われる橋だ。その伝説のゆえかは知らないが、いまでも『女の幽霊が出る』という噂が根強い、都内有数の心霊スポットだよ。

この江北橋は事故多発地帯でもあるんだ。昭和六十年の年末、この橋を渡っていた乗用車が対向車線側に突っこんでいったかと思うと、欄干を破って川に転落した。運転手は重傷で、同乗者が死亡。さらにそのわずか九日後にも、ほぼ同じ場所でダンプカーが下の川へ転落した。そして翌年一月にも、やはり同じ場所で乗用車が欄干から落ちかけ、橋から宙吊《ちゅうづ》りになるという事件が起こっている。この橋はまっすぐで見通しがよく、事故が起こる要因はほぼないのにも拘《かか》わらず、だよ。

池袋《いけぶくろ》駅前の道路も昔は事故多発地帯だったそうだ。昭和四十四年にこの道で子供がバスに轢《ひ》かれ、胴から切断された首が母親の眼前に転がるという悲惨な事件が起こった。それまでもこの周辺は、不可解な事故が起こることで有名だったらしい。とくに池袋東口に建つデパートでの事故が絶えなかったという。

屋上の遊園地にあった乗り物が突然破損して子供が大怪我をしたり、あたりに人影はなかったのに『いきなり頭を殴られた』ような衝撃を感じて主婦が階段から落下したりと怪異が相次いだ。後者の主婦の頭部には実際、鈍器で殴られたような跡があったそうだ。また窓ガラスが突然はずれて落下し、通行人が怪我をするという事故も起こった。屋上の乗り物と同様に窓枠は老朽化しておらず、人の手で壊されたような痕跡《こんせき》もまったくなかったらしいよ。

ちなみに池袋駅前といえば『人斬り塚』こと四面塔がある場所だね。江戸《えど》時代の池袋村には辻斬《つじ》りが多く出没し、村人が朝起きてみると、往来に切断された首や手足が血にまみれて転がっている――なんてことがめずらしくなかったという。

とくに享保《きょうほう》六年には、一晩のうちに十七人もの辻斬りの犠牲者が出るという惨《むご》たらしさだった。さすがに捨ててはおけぬと判断した村民有志が、彼らの霊を鎮めようと建立したのが四面塔だ。この慰霊塔は移動させるたびに怪異が起こるとされており、昭和三十年の移動の際、跡地に建ったのが前述のデパートだったそうだよ」

「もういい。その手の話をおまえに並べさせたらきりがない」

泉水が部長の長広舌をさえぎって、

「しかたねえな。じゃあおれが降りて見てくるか」

と諦《あきら》めたように言った。

「え、……泉水さん、大丈夫ですか」

森司は目を剝《む》いた。鈴木も「いや、無理せんほうがいいですって」と慌てて止める。

しかし泉水はかぶりを振って、

「表へ出て電柱のまわりを一周してくるだけだ。心配すんな、おれはおまえらほど〝開けっぱなし〟じゃないから、ある程度耐えられる」

と言い置いて運転席のドアを開けた。

止める間もなく車を降り立つ。信号が点滅する横断歩道を渡り、坂道に向かって歩いていく。

　宣言どおり現場を一まわりして、数分で泉水は戻ってきた。

　部長がいち早く訊《き》く。「どうだった？」

「駄目だ、数が多すぎてわからん」

　泉水は仏頂面で答えた。

「八神の言うとおりだな。こんな舗装道路ができるはるか前からの古いやつらが、一面にじっとり染みついてやがる。ここ数年内に棲《す》みついたやつらや、生きてる人間の思いとも混じりあってカオス状態だ。全部一緒くたになって、ごんずい玉ばりに絡みあってるから判別がつかん」

「そっか。それで、こういう訊きかたはぼくも気がひけるけどさ、——渋谷果林ちゃんはこの中にいた？」

「いや。さっきも言ったように数が多すぎる」

　泉水が嘆息した。

「いるのかもしれんが、判断しようがない。おれが生前にその子を知ってたら、気配くらいはわかっただろうがな。もとを知らないんで見分けようがない」

「そうか残念。でもありがとう、泉水ちゃん」

　と部長は分家の従弟《いとこ》をねぎらってから、後部座席の森司たちを振りむいた。

「おおよその雰囲気は摑《つか》めたことだし、じゃあそろそろ大学に戻ろうか。八神くん、ごめんだけど次の次の信号くらいまで、後ろから〝付いてくる〟のがいないかどうかだけ見張っててくれない？　……いやあ、住宅街の真ん中に、まさかこれほどの場所があったとは知らなかったよ」

　これからバイトだという鈴木を途中のバス停でおろし、おんぼろクラウンは大学の防砂フェンスの脇でいったん停まった。

　普段車で通学していない泉水は、大学構内の駐車場に駐《と》められる入構許可証を持っていないのである。

　サイドウインドウのモールに肘《ひじ》をかけて、泉水が言う。

「じゃあおれも四時からガソスタのバイトに入るんで、あと頼んだぞ。八神、もし本家がさっきの場所にもう一度行きたいとか言いだしたら、おまえが体張って止めろよ」

「えっ、あ、はい」

　いきなり話を振られ、森司は後部座席で姿勢を正した。

　部長が苦笑する。

「言わないよー。いくらなんでもぼくだって、そこまでわきまえてないわけじゃない。ていうかあの手の場所はむしろ遠くから――」

　ふいに言葉を切り、彼はフロントガラスの向こうを見やった。

「ねえ、あれって横山さんだね」

つられて森司も、部長の視線の先を見た。

なるほど横山未亜だ。同じく防砂フェンスの横へ車を駐めたらしい男二人となにやら話しこんでいる。

未亜の正面に立つ男は距離の近さからいって彼氏だろうか。撫《な》で肩で色白の、気弱そうな男子学生だった。彼らからすこし離れて立つ大柄な男は、いまひとつ話の輪に入れないのか所在なさそうな表情だ。

「――おい、本家」

窓枠に肘を突いた姿勢のまま、泉水が片眉《まゆ》を下げて言った。

「あの横山なんとかの女子に、いますぐ声かけろ。呼び止めて、一緒にいる男二人が誰だか訊いてこい」

「ん、わかった」

なぜとも訊きかえさず、部長は瞬時に車を滑りおりた。歩きだすやいなや、いつもの笑顔を作って未亜に片手を挙げてみせる。

「やあ横山さん。先日はどうも」

クラウンから距離があいたため、つづく台詞《せりふ》は聞きとれなかった。部長がいたって愛想よく未亜と二言三言交わすのが見える。横の男二人にも笑顔でなにやら声をかけてから、きびすを返して戻ってくる。

助手席のドアが開いた。

「ふう」と、ため息とともに部長がシートへ身を埋《うず》める。

「予想どおり、撫で肩のほうは『侑ちゃん』だったよ。つまり横山さんの彼氏こと烏丸くんね。で、もう一人は烏丸くんのお友達だそうだ。彼と同じ高校の出身で、幼馴染《おさななじみ》の立花《たちばな》くんだってさ」

「『同郷会』ですね」

こよみが言う。部長はうなずいてから、泉水に首を向けた。

「それでなんなの、泉水ちゃん？　なんでまたあの二人が気になったわけ？」

「気になったというか、あいつらがさっきの現場にいたからな」

「え？」

一瞬、車内に怪訝《けげん》な空気が漂う。

泉水が言葉を継いだ。

「さっきの事故現場に、あいつら二人の気配が残ってたんだよ。該当の事故の日かまではわからんが、あそこに染みてる思念のうちじゃ最新の部類だ」

森司は息を呑《の》んだ。おそるおそる声を押しだす。

「ということは、その……やっぱり横山さんの疑惑は」

疑惑は的を射ていたということか——。

しかし森司にみなまで言わせず、泉水は首を振った。

「そこまでは知らん。どっちみちおれはバイトに行かなきゃならんから、本家とおまえで適当に突っついてみるなり好きにしろ」

と泉水が言い終わらぬうち、軽快な着信音が鳴った。

「あ、ぼくだ」

部長がカーディガンのポケットから携帯電話を取りだす。

画面を確認して、ふっと彼は苦笑した。

「……横山さんからメールだよ。『あとでお話があります』だってさ。どうやら彼女のほうから、あらたな情報がもらえそうだね」

7

約三十分後、未亜は〝憂慮〟の二文字を貼りつけたような面持ちでオカ研の部室を訪れた。

「侑ちゃんから、『忙しくなるからしばらく会えない』って言われました」

両手を温めるようにコーヒーカップを掌でくるみ、そう声を落とす。

部長が頬杖《ほおづえ》を突いて尋ねた。

「ほう。学業が忙しくなるって？」

「いえ、サークル活動のほうが」

未亜はすこし言いよどんで、

「彼、一年の夏休み明けから、地元の先輩が運営してる準サークルに加入したんです。活動と言っても飲みサーみたいなものだから、急に忙しくなったりなんかしないはずなのに……でも彼の様子もあって、深く突っこんで訊けなくて」

「彼の様子、とは？」森司が問うた。

未亜が眉間《みけん》に皺《しわ》を刻む。

「数日会ってないだけなのに、急に痩《や》せたように見えました。顔いろもよくないし、なんだか身なりも薄汚れた感じで。でも妙にハイテンションっていうか、声だけは元気なんです。早口でまくしたてるみたいに『忙しくなるんだ。会えなくなるけどごめんごめん』って、目ばっかりぎらぎらして。——でも、一番気になったのは」

「気になったのは？」

「彼の体から、どぎついくらい百合《ゆり》の香りが漂ってきたことです。侑ちゃん自身は気づいてなかったようですが——彼の寝癖だらけの髪に、白い花びらが埋まってました」

森司は思わず顔をしかめそうになり、すんでのところでこらえた。

部長が常と変わらぬ声のトーンで言う。

「百合って意外と香りの強い花だよね。男が付けるコロンの匂いとは程遠いし、二十歳そこそこの男子からぷんぷん匂ってきたらそりゃ気になるよねえ」

「ええ。立花さんがなぜ指摘しないのか不思議なくらい」

未亜が眉をひそめたまま応じた。

「立花さんって、駐車場で烏丸くんと一緒にいた子だよね？」

部長が問う。

「ええ。同じサークルだからか、最近よく二人で遊んでるみたいです。あたしはあまり好かれてないようで、ほとんどしゃべってもらえないんですが……」

未亜は寂しそうにまぶたを伏せた。

そんな未亜を気の毒に思いながら、森司は今日得た情報を頭の中で反芻《はんすう》した。

地元民のしがらみべったりだというサークルのメンバーで、よくつるんでいるという男二人。森司と鈴木に「車から一歩も出たくない」とまで思わせた事故多発地帯。

そして彼らは事故現場周辺に、なんらかのかたちで関わった可能性があるらしい。

押し黙ってしまった未亜に、部長がそっといたわりの声をかけた。

「横山さん、今日はもう帰って休んだほうがいいよ。あとはぼくたちで勝手に調べさせてもらうからさ。あ、でもその前に、烏丸くんが入ってるサークルの正式名称だけ教えてもらっていい？」


雪越大学学生課のカウンターは、たいていいつ来ても混んでいる。

森司は首を伸ばし、顔馴染みの職員がいないかと列の先頭付近をうかがった。以前側溝にはまった車を押してやったことから、なにかと便宜をはかってもらえるようになった相手だ。彼さえいてくれればなにかと話が早い。

何度目かに背伸びしかけたとき、思わず足もとがふらついた。

背後を通りかかった人物とあやうくぶつかりそうになる。慌てて森司は飛びのいて回避し、頭を下げた。

「すみません」

「いや、こっちこそ――あれ」

男が森司を見て目をしばたたく。

森司も一瞬言葉を失った。

目の前に立つ三十代なかばの男に確かに見覚えがあった。白いシャツにグレイのベスト。顔を隠すような太いフレームの眼鏡と、引っこんだ顎《あご》。

しかし数秒戸惑ってしまったのは、記憶にある姿より眼前の彼がいくぶん太って――いや、ふくよかになっているからだ。

「免田《めんだ》さん」

ようやく思いだした男の苗字を、森司は口にした。往年のベストセラー闘病記『薄暮』にまつわる事件で、ちょっとばかり関わったことのある大学職員であった。

「どうも、おひさしぶりです」

「いやこっちこそ。えー、八神くん……だっけ？　学生課に用？」

「ああはい、ちょっと馬淵《まぶち》さんに」

と、顔見知りの職員の名を出す。免田は壁のホワイトボードを見やって、

「馬淵さんなら今日は、市民文化会館まで講演を聞きに行っているはずだよ。戻りは六時を過ぎるんじゃないかな。彼になにか用事でも？」

「あー、えー、まあ」

森司はごまかすように笑った。

しかし免田が去らないでいてくれるのを見てとって、あれ、これはもしやと思う。これはもしや、甘えて頼ってもよさそうな雰囲気か。

試しに声を低め、上目づかいに打ち明けてみる。

「……じつはオカ研のほうの絡みなんですが、某準サークルについての情報が、もし学生課にあったらいいなあ……と」

「準サークル？　ってことは大学準公認か。サークル名はわかるかな」

「あ、はい。『I－AIR』だそうです。以前は『五百原会』と名乗っていたそうですが」

後者の名称を聞いて、免田が「ああ」となにやら察したような顔をする。

怪訝に思う森司を彼は手で制して、

「悪いが、廊下のベンチでちょっと待っててくれるかな。その件に関してファイルはないが、端末にデータが打ちこまれていたはずだ。ただしプリントアウトして渡すことはできないかも」

「そ、それでいいです。ありがとうございます」

森司は直立不動の姿勢をとってから、深ぶかと頭を下げた。

兔田はものの十分で、森司が座るベンチへ戻ってきた。

「待たせてごめん。ええと、サークル『I-AIR』こと前身『五百原会』についてでいいんだよね？『五百原会』の歴史は古く、昭和四十年代にまで遡《さかのぼ》るようだ。いったん活動停止となったのは平成十七年のことだね。悪質なアルコールハラスメントにより、大学が公認を取り消したんだ」

「アルハラですか。つまり新入生への酒の強要？」

森司が尋ねる。

兔田は眼鏡を指で押さえて、

「そこははっきりと書かれていなかったが、新入生相手とは限らないニュアンスだったな。データによれば、一気飲み強要が騒がれた時代にも何度か訓告を受けていたらしい。あまりに何度も問題を起こしたんで、大学側も目に余ったんだろうさ」

「イエローカード三枚で出場停止、みたいなもんですね。ところで公認を取り消されるきっかけになった事件について、なにか記載はありましたか」

「急性アルコール中毒により学生が搬送されたとだけだ。さいわい最悪の事態には至らなかったようだよ。死亡や重体という記述がなかったからね」

「それはよかった——と、言っていいのかわかりませんが」

森司は咳払《せきばら》いした。

「現在の『I-AIR』はいつ設立されたんでしょう」

「登録届と名簿が学生課に提出されたのは平成二十二年だ。五年経過していることもあり、メンバーは総入れ替えされていたが、内実は以前と変わらぬ『五百原会』だった。つまり五百原高校卒で、五百原町出身者の集まりだよ。大学側はそこを重く見て、サークル認定を見送った。数人の議員から口添えがあったそうだが、無視したかたちだ。おそらく今後も正式にサークルとして認めることはないだろうな」

「議員……ああそうか、五百原町って高瀬元大臣の地元なんでしたっけ」

「そうだ。あの町の浜辺にごちゃごちゃと固まってる企業は、軒並み高瀬恒春の票田だったのさ。おまけにいまも変わらず旧高瀬派の議員を後押ししているよ。ぼくら部外者にはぴんとこない、一種独特な土地柄だね。排他的とまでは言わないが、旧高瀬派を中心としたあの町独特の価値観があるんだ」

「サークル『五百原会』にも、その独特の価値観と上下関係が持ち込まれていた、とみていいでしょうか」

「もちろん。こう言っちゃなんだが、ぼくなんか三日と務まらない空気だろうね。データをざっと見ただけでもわかる。〝幹部は神様〟で〝上級生の言うことは絶対〟の、体育会系の悪しき部分だけ抽出したような排他主義集団だよ」

　そう言って免田は肩を揺すった。

「ああはい、確かに去年まではあそこのメンバーでしたけど……。ええ、院へ進んで、上級生がいなくなったのを機に抜けたんです。それより秘密はちゃんと守ってもらえるんでしょうね。おれが密告《チク》ったなんて、冗談にでも他言してもらっちゃ困りますよ」

免田がこっそり洩《も》らしてくれた名簿に去年まで名のあったM1、つまり修士課程一年の院生は、あたりをはばかるように首を縮めて言った。

「そこは安心して。ぼくら『五百原会』とは縁もゆかりもない立場で、義理のかけらもないからね。いまんとこ県政にも興味は皆無だしさ」

と部長が微笑む。

院生がほっと息を吐いて、

「……いまさらフォローするわけじゃありませんが、会にはいい面もあるんですよ。地元企業に自然とコネができますし、もし実家が自営なら商売しやすくなるって恩恵もあります。OBたちは面倒見がいいので有名ですしね。……ただ裏を返せばプライヴェートでも平気で首を突っこんでくるお節介で、過干渉です。この手の組織の常として、閉鎖的でもあります」

「アルコールハラスメントで、過去に問題を起こしたと聞きましたが」

森司が問う。

院生はうなずいた。

「表面に出ないだけで、そんなのはしょっちゅうだよ。ほぼ毎週飲み会があって、先輩に『脱げ』と言われたら脱ぐ、『飲め』と言われたら吐くまで一気飲み。拒めばノリの悪いやつと認定されて、卒業するまでハブられるからね。こっちも必死さ」

と頬を歪《ゆが》める。

「強要されるのはお酒がらみだけなんですか？」

こよみが訊《き》いた。院生はまぶしそうに彼女を見あげて、

「いや、……そのほかでも、いろいろとあるよ。たとえば彼女ができたら先輩にも面通しさせなきゃいけなかったり、ゼミが自由に選べなかったりね。でも今の代になってからはとくにひどい」

「ひどいって？」部長がうながす。

院生はすこし言いよどんでから、ため息とともに言った。

「なんていうか、下級生につまらない悪ふざけをさせるんです。現部長の高瀬はおれと同い年なんですが、昔っからいじめっ子気質のやつでね。『度胸試しだ』と言って、階段の最上段から飛びおりるよう命じたり、適当な罪をでっちあげて交番に自首の真似をさせたり……」

「中学生みたいだね」

「まったくです。とりわけ一番気分が悪かったのは、三箇《か》月前のあれだな」

「三箇月前」

思わず森司は聞きとがめた。

「……あのう、違ってたら申しわけないんですが、もしかしてそれって、檜通二丁目の

丁字路と関係ありますか？」

「えっ」

院生は目に見えてぎくりとした。

「心あたりがありそうだね」

部長が指を組んだ。

「ついでにもう一つ訊いていい？　その三箇月前の度胸試しって、烏丸って名前の男子部員がからんでいたりする？」

「なんだ、知ってるんじゃないですか」

院生は身を引いて、部長を薄気味悪そうに見た。

部長が苦笑して手を振る。

「いやいや、ぼくらがなんとなく察してるのはここまで。具体的になにがあったか教えてもらえないかな。もちろんここだけの話で、他言はしないと約束するよ。それにきみだって、不愉快な話を一人で抱えこんでいるのは苦しいんじゃない？」

院生はしばしためらっていた。

だがやがて、「……言っときますが、おれは反対したんですよ」

と前置きして話しだした。

「あの丁字路は、やたら事故が多い場所らしいんです。すこし前にも小学生の女の子が亡くなった事故があったとかで、慰霊のための花束や菓子なんかが置かれていました。

それで、ええと、高瀬は――」

顔をそむけて彼は言った。

「烏丸たち後輩に命令したんです。度胸試しにその慰霊品を、現場から盗んできて高瀬に献上しろと」

「馬鹿なことを」

部長が顔をしかめた。

「でもまあそれで、おおよその事情は飲みこめたかな。いま『烏丸たち後輩』と言ったね。やらされたのは烏丸くん一人じゃないんだ？」

「はい。三人でやらされていたはずです。同学年の立花と、一年上の別所《べっしょ》と一緒に」

立花、と森司は口の中でつぶやいた。

防砂フェンス近くで未亜と烏丸の背後にいた、あの大柄な男だ。確か未亜が「あたしはあまり好かれていないようだ」と気にしていた。

「断れなかったんですかね、そんな馬鹿馬鹿しいこと」

森司の言葉に、部長がかぶりを振った。

「いやあ、彼らには難しかったんじゃない？　なにしろ『五百原町の高瀬さん』から直々の命令だもん。ね？」

「そのとおりです」

水を向けられた院生が首肯した。

「高瀬の――現部長の父親は、あの高瀬恒春の甥《おい》っ子です。旧高瀬派の筆頭であり、古株の参議院議員でもある。県政にも町政にも大きな影響力を持つ人物ですよ」

「高瀬部長は、父親の威を借るなんとやらってわけだ。それじゃあ同い年とはいえ、きみも高瀬くんを強くは止められなかっただろうね」

「情けない話ですが、そうです」

院生は肩を落とした。

「あいつの機嫌をそこねたら、もう地元じゃ顔をあげて歩けませんからね。院に進んだとはいえ就職先の見込みはまだないし、もし地元でしか内定が出なかったらと思うと、下手なことはとても……」

「いやあ、昨今のポスドクの余剰ぶりを思えば、その気持ちは十二分にわかるよ。しかし部長と同級生のきみでさえそうなんだから、下級生である烏丸くんたちはさらに戦々恐々としてると考えていいかな？」

「いいと思います。いや、烏丸や立花の実家は町で商売をやってるんだったかな。そうなると町議会の影響はもっと強まるでしょうから……想像もしたくないですね」

院生は、うんざり顔でかぶりを振った。

烏丸がオカ研の扉を叩《たた》いたのは翌日の午後であった。

菓子盆が載った長テーブル越しに、森司は彼を眺めた。昨日会ったときよりさらにやつれている。光のない眼は暗くよどみ、風呂《ふろ》に入っていないのか髪や肌が脂じみていた。ダンガリーシャツは衿《えり》も裾《すそ》もよれて、全体に薄汚れて見える。

「未亜ちゃんに嫌われそうで……とても言えませんでした」

と、諦《あきら》めきった様子で烏丸は認めた。

高瀬部長をはじめとする先輩たちの命令で、〝度胸試し〟として檜通の丁字路へ行かされたこと。立花を含む三人で赴き、電柱の根もとに並べられた供物をろくに見もせず適当に盗んできたこと。大きな百合《ゆり》の花束を奪ってきたのは確かに自分であること、等々――。

「反省してる様子だけど、さすがのぼくでも気分のいい話じゃないなあ」

部長が嘆息した。

彼の隣には泉水が、森司の横には鈴木が座っている。こよみはコーヒーメイカー脇の定位置に立ち、眉根《まゆね》に皺《しわ》を刻んで彼を見おろしていた。

彼女が真剣に考えこんでいるときのいつもの表情だが、烏丸には軽蔑《けいべつ》の表情に映ったらしい。所在なさそうに身を縮め、差しだされたカップには手も伸ばそうとしない。淹れたての芳醇《ほうじゅん》なコーヒーが、目の前でみるみる冷めていく。

森司は目線で泉水におうかがいを立ててから、そっと口をひらいた。

「あの、烏丸くん。こんなこと聞きたくないだろうけど――」

言いにくいことだ。だからせめて一息に言ってしまう。

「きみ、ここにいっぱい連れてきてるよ。とくに肩のあたり、とぐろを巻いてぐちゃぐちゃくっついてる。最近、頭痛とか肩こりとかひどいだろ？　きっと夜も悪夢ばかりで、ろくに眠れてないよな？」

烏丸は息を呑《の》んだ。

森司はすぐに彼から視線をはずした。

薄情なようだが、彼の肩付近で渦巻くそれと目を合わせたくなかった。不用意に波長を合わせたなら、すぐにでも心ごと引きずりこまれてしまいそうだった。

真昼の部室のただ中で、烏丸のまわりだけぽっかりと黒い穴があいている。

鈴木はおそらく無意識にだろう、泉水のそばへ身を寄せていた。彼自身や森司ほど〝開けっぱなし〟ではないらしい、かの黒沼泉水に。

「すみません」

震える声で、烏丸は謝罪した。

「こんなことになると、思わなくて――ほんと、かるい気持ちで……でも、やりたくなかったんです。おれはやりたくなかったんだけど、高瀬部長に、逆らえなくて――誰もやめようって言ってくれなくて。お、おれなに言ってんでしょうね。すみません。ほんとうに、すみません」

長テーブルに置かれたままのカップに、彼は手を伸ばした。

その指さきは音を立てんばかりに震えていた。カップの持ち手を摑《つか》みそこね、コーヒーがソーサーにこぼれる。陶器と陶器の擦れる高い音が響く。

「す、すみません」

烏丸は腕を引っこめた。

しかし手の震えはやまない。それどころか次第に激しくなっていく。

「すみません。……お、おかしいな、あれ」

おかしい、おかしいな、と小声でつぶやく烏丸に、部長が静かに言った。

「ねえ烏丸くん。きみ――なにを笑ってるの？」

息づまるような沈黙が落ちた。

部長の言葉どおり、烏丸は笑っていた。目尻《めじり》にも口のまわりにも無数の皺を寄せ、顔いっぱいに歪《ゆが》んだ笑いを貼りつけていた。

「笑ってません」

引き攣《つ》れた声で、烏丸は答えた。

「笑ってませんよ、ただ、体が――おれの体なのに、おれの意思が、全然、おれの言うことを聞かなくて――」

いまや烏丸は全身を震わせていた。

森司は薄目になり、歯を食いしばって彼を見やった。とても直視できない。烏丸の体全体が、黒い薄靄《うすもや》に包まれて見える。

烏丸の悲痛な声がした。

「ずっと、ずっとこうなんです。夜、一人で部屋にいても、手足がおれの言うことを聞かない。突然窓から飛びおりたくなって。駄目だって思うのに、そう思えば思うほど、やりたくなって」

ぶつりと彼は言葉を切った。

烏丸は笑っていた。顔中ににたにた笑いをたたえ、森司やオカ研の部員たちを見つめつづけていた。

その唇から、泣くような声が洩《も》れた。

「お、おれ——どうなっちゃうんですか。おれ、いったい——なにになっていくんですか」

烏丸の左手が、彼自身の右腕を掻《か》いているのを森司は認めた。いや、引っ掻くなどと生やさしいものではない。爪が皮膚に深く食いこんでいる。血が滲《にじ》んで、四本の真っ赤な筋を作っている。組織ごと抉《えぐ》り、ぎりぎりと引きむしっている。

「助けて」

烏丸が悲痛な声をあげた。

眼球がほぼ裏返っていた。白目を剝《む》いているかに見える。満面の笑みは崩れないのに、椅子に磔《はりつけ》になった姿勢で、全身を瘧《おこり》のごとく震わせている。

「おねが――助け、て、ください――」

皺だらけの歪んだ笑顔のまま、烏丸は身をよじって悲鳴をあげつづけた。

9

烏丸が失神してしまったため、黒沼部長は未亜に連絡して彼の介抱を頼んだ。烏丸本人は未亜に知られたくない様子だったが、さすがに事態がここまで進めば黙ってはいられない。

最大限気を遣って「先輩に強要された」「逆らえなかったようだ」という部分を強調したが、それでも未亜はかなり幻滅したようである。無理もない、と森司は思った。おれが彼女の立場だとしたって、こんな話を聞かされたら気持ちはかなりトーンダウンするだろう。

烏丸を支えてタクシーへ同乗した未亜を見送り、オカ研一同は部室へと戻った。

「それにしても、烏丸くんと一緒に丁字路へ行ったという二人はどうなんでしょう。彼らは霊障に悩まされていないんでしょうか？」

こよみが首をかしげた。

部長が応じる。

「元部員だったM1の彼によれば、別所くんは現在休学中だそうだ。同郷会もゴールデンウィーク前に辞めたらしい。それが霊障のせいかまではわからないけどね」

「立花ってのは、こないだ烏丸といたやつだよな？　遠かったんで断言はできないが、なにやら〝くっつけて〟るのは確かだったぞ。とはいえ烏丸ほど参ってはいないない様子だったが」

と泉水。鈴木が彼を見て、

「烏丸くんのまわりにいてるもん、おれにはどろどろの塊にしか見えませんでしたが、泉水さんはどないでした？　あの中に渋谷果林ちゃんはいたと思いますか？」

「いや、前回と同じだ。いたのかもしれんが、どれがその子か判別できなかった」

泉水は腕組みして唸《うな》った。

「しかし度胸試しとやらで盗んできた慰霊品は、いったいどうしたんでしょうね。誰が処分したんだろうな」

と森司がつぶやく。

部長が顎《あご》を撫《な》でて言った。

「すくなくとも高瀬くんをはじめ、先輩連中じゃないのは確かだろうさ。たぶん盗ませて、献上させて、捨てるところまで烏丸くんたちに全部やらせたんじゃないか。彼らのノリからいって、スマホで一回画像でも撮っちゃえばもう用無しって感じでしょ」

「胸糞《むなくそ》悪いやつらだな」

泉水が言う。

部長は深くうなずいた。

「まったくだよ。……それはそうとして、別所くんと立花くんからも話を聞いてみたいよね。別所くんは休学中だから難しいかもだけど、M1の彼にもう一度だけ頼んでみようか」

幸運なことに、別所とは電話でだが話すことができた。

「しばらく大学に戻るつもりはありません。兄も『おまえの健康が一番だ。故郷のことなんか気にするな』って言ってくれてますし」

と彼は言った。ハンズフリーにした携帯電話に向かって、部長が問う。

「そう言ってくれたのはお兄さん？　立ち入った失礼なことを訊《き》いてごめんね。親御さんもお兄さんと同じご意見なのかな？」

「いいえ」

別所はあからさまに苦笑した。

「うちの親は『おまえの健康が第一』なんて、天地がひっくり返っても言いやしませんよ。二言目には『辛抱しろ』、『若いやつは我慢が足りない』、『おまえのためを思って言ってやってるんだ』と頭から抑えつけてくるんです。……じつを言うと同郷会を辞めたのも、親のことが原因でして」

「親御さんが？」

「いや、うちの親がなにかしたってわけじゃないんです」

と別所は慌てて否定してから、声のトーンを落とした。

「そうじゃなくて……高瀬部長がね」

口調がさらに苦くなった。

「部長がいるうちは戻る予定ないんで、もうぶっちゃけさせてもらいますね。——あの人、自分を王様かなにかと勘違いしてるんじゃないかな。サークル活動に関係のないプライヴェートや、家族関係にまで口出しして支配しようとしてくるんですよ。おれが実家のモラハラ親父と疎遠にしてると聞きつけたら、途端に『仲直りしろ』、『親の恩がわからないのはおまえがガキだからだ』なんて得意げに説教しだして」

「ははあ、それはうざいね」

部長が相槌《あいづち》を打つ。別所は吐き捨てるように、

「うざいなんてもんじゃないです。おれが適当に聞き流していると、毎日呼びだして説教するようになりました。それでも我慢してスルーしてたら、むかついたんでしょうね、はっきり目のかたきにしてくるようになって」

と言った。

「あー……もしかして、そのせいで変な度胸試しをやらされる羽目になったとか、かな？　事故多発地帯の丁字路で」

森司がこわごわ尋ねる。電波の向こうで別所が驚く気配がした。

「なぜそれを」

「あ、ええと、烏丸くんから話を聞いて」

「ああ」

森司の答えに、納得したように別所は息を吐いた。

「そのとおりです。悪趣味な度胸試し――いや、罰ゲームを押しつけられましたよ。とはいえおれは、その事故現場とやらに行ってないんですがね」

「えっ、そうなの？」

黒沼部長が目を見張った。

別所が気のない声で肯定する。

「烏丸と立花が二人でちゃちゃっと行ってくるっていうから、車の中で待ってたんです。だからおれの役目はその手前の交差点まで運転手しただけ。あいつらが盗んできた花束だのジュースだのを車中に持ちこんできたときは、さすがにいやな気がしましたけどね。でも車だって立花のものだから、文句言うのも筋違いだし」

「立花くんの車なのに、別所くんが運転したの？」

「あいつらはけっこう飲んでましたから。おれは下戸なんで、いつも運転手要員だったんです。それを気の毒がってか、立花が『自分たちだけで済ませてきますから、車で待っててください』と申し出てくれて」

「ふうむ」

部長はほんの数秒考えこみ、言葉を継いだ。

「ところで別所くん、さっき『罰ゲーム』って言ったよね。きみの場合は親と仲直りせずに部長の高瀬くんを怒らせた罰だろうけど、ほかの二人はどうなの？　烏丸くんと立花くんは、なんの咎《とが》があって罰を科せられたのか知ってる？」

「まあ、おおよそは」

別所はあっさりと答えた。

「聞いた話じゃどっちも女がらみですよ。二人とも部長や先輩の許しなしに付き合いはじめたとかでね。馬鹿馬鹿しい話ですが『後輩のくせに、おれたちに断りもなく生意気だ』ってやつです。ジャイアニズムの極致ですよ」

ああそれでか、と森司は内心で納得した。

横山未亜にアプローチされながらも去年の烏丸が煮えきらなかったのは、要するに同郷会の先輩たちを気にしたせいらしい。バレンタインを契機に付き合いだしたものの、彼が積極的になったのはつい最近からだという。

──つまりその頃に、先輩連中から『あの女と付き合ってよし』とのお達しが出たんだろう。

度胸試しの功績を認められたがゆえなのだろうか。それとも、ほかにも理由があるのか。

考えこむ森司をよそに、別所が言葉をつづけた。

「おれが休学を決心したのは、同じく親を嫌って県外へ出た兄貴が『来てもいい』と言ってくれたからです。でもあの夜の罰ゲームが頭にひっかかっていたのも一因ですね。いくら学生の悪ふざけと言っても、やっていいことと悪いことがありますよ。……そう思いませんか？」

次いで立花の番号へかけてみたが、こちらはつながらなかった。アナウンスによれば電源を切っているか、もしくは電波の圏外にいるらしい。

ならば烏丸から「話が聞きたい」と伝えてもらったほうが早いかと、アドレスから彼の番号を選択する。

六回目のコールで応答があった。

しかし烏丸の声ではなかった。未亜だった。

「もしもし、あの、あたしです」

未亜は息を切らしていた。電話越しにも、語気に動揺が色濃い。ぎりぎりのところで己を保っている、といったふうだ。

「あたし、いま、侑ちゃんのアパートで。ついさっきも、侑ちゃんがおかしくなったんです。ちょっと目を離した隙に、外階段の手すりから飛びおりようとして――ええ、いまはすこし落ち着きました。ベッドで寝かせてます」

未亜は一息つくように言葉を切って、声を低めた。

「ちょうどよかった。じつはあの、ちょっと気づいたことがあったんです。おかしなことを言ってるのかもしれませんが、自分じゃ判断がつかなくて、誰かに聞いてほしいと思っていたところで」

「うん、大丈夫」

部長がなだめるように言った。

「聞いてるよ。気にしないで、なんでも言って」

「すみません」

未亜が大きく息を吸う気配がした。彼女が一息に言う。

「さっきまで、立花さんが来てたんです」

「立花くんが？」

「はい。お見舞いに来て三十分くらい前に帰りました。でも違和感があったっていうか、あたし、なにかが引っかかって——。ごめんなさい、ただの仮説なんですが、聞いてもらっていいですか」

10

物憂い雲が夜空を覆っていた。

まるで『アッシャー家の崩壊』の冒頭みたいだ、と未亜は思う。中学時代の家庭教師に、英語の勉強になるからと原文で何度も読まされたのだ。そう、書きだしは確かこんな一節だった。「物憂く、陰鬱《いんうつ》に、音もなくひそみ返って、空には低く重たく雲のたれこめたある日――」。

つづきは覚えていない。記憶では語り部の「わたし」が一人、馬に乗って進んでいく情景だったように思う。

同じ色あいの空の下、未亜もいま一人きりだ。しかし腕時計の文字盤によれば、もうじき待ち人が来るだろう時刻であった。

烏丸のアパートからほど近い公園に、彼女は立っていた。

低い柵《さく》を囲むように街灯が三本立っている。だが、うち二本は電球が切れかけているのか、ひどく暗い。柱の真下の一角だけをぼうと照らしだし、わずかに視界の隅を白ませている。

砂利を踏む足音がした。未亜は背後を振りかえった。

予想したとおりの人物がそこに立っていた。

未亜自身が烏丸を騙《かた》ってメールで呼びだした相手――立花であった。

彼は目もとを歪《ゆが》ませ、

「きみだけか」

と低く言った。そして、騙《だま》されたと気づいたらしく舌打ちする。

「ごめんなさい」

かけらも悪びれず、言葉だけで未亜は謝罪した。

「侑ちゃんはまだ具合がよくないから来れないわ。それに、あなたに話があるのはあたしなの」

「おれには話なんかないよ」

きびすを返して去ろうとする立花に「待って！」と未亜は叫んだ。

立花が足を止める。ゆっくりと振りかえる。

やっぱり奇妙な威圧感がある人だ、と未亜は思った。背が高いだけじゃない。胸板が厚く肩幅が張って、こうして目の前に来ると壁がそそり立っているみたいに感じる。

それにこの、感情のない冷えた瞳《ひとみ》。なぜこの人はいつも、あたしをこんな目で見るんだろう。

「気づいたんです」

怯《おび》えを気取られぬよう、未亜は声を抑えて言った。

「レポート書くときの癖で、あたしって無意識になんでもかんでもデータ集めちゃうんですよね。たいていの物事には一定の法則があるから、そこをとっかかりにしてレポートを書きはじめるの。今回も、侑ちゃんの容態を何の気なしにメモに付けていて気づいたんです。――あなたと会った直後に、いつも侑ちゃんはおかしくなるって」

立花は答えなかった。かすかに眉根《まゆね》を寄せただけだ。

未亜は己を叱咤《しった》し、彼に一歩近づいた。そして目をすがめる仕草をしてみせた。

「あなたの肩のあたりにいる、それ──なんですか？」

はったりだった。

未亜の目にはなにも視えない。人ならぬものの存在を、五感でとらえた経験はなかった。気配を感じた例しすらない。

しかし立花はあきらかに怯《ひる》んだ。薄闇の中でも顔いろが変わるのがわかった。

「──もしかして」

未亜は唇を舌で湿した。

やけに喉《のど》が渇く。耳のそばで鼓動がうるさい。

「もしかして、あなたが自転車で撥《は》ねたの？　あの女の子を？」

夜気に静寂が流れた。

凍りつくような黙《しじま》を破って、やがて立花がふっと笑う。顔に笑い皺《じわ》が広がっていく。

まるで温かみのない笑顔だった。

「買いかぶられたもんだな」

喉の奥でくっくっと笑いながら立花は言った。

「残念ながら、もしおれが轢《ひ》き逃げ犯ならとっくに神経がまいっちまってるさ。きみが思うよりはるかにおれは小心者なんだ。自分でも情けないくらい、臆病《おくびょう》で肝っ玉のちいさい男だよ」

「じゃあなんなの」

かすれた声で未亜は追いすがった。

「やっぱり侑ちゃんが、轢き逃げ犯――？」

「違う」

疲れた声で立花はさえぎった。

「そんなんじゃない。おれたちは、ただ」

「ただ？」

「あの夕方……たまたま、あの場に居合わせただけだ。高瀬部長の車をおれが運転させられて、助手席には烏丸がいて、部長は後部座席に……」

立花は視線を泳がせた。

「おれたちは、信号待ちで停止していた。やけに薄暗い日だった。向こうから女の子が――あの子が歩いてくるのが見えた。そこへノーブレーキの自転車が坂を下ってきて、あの子に衝突した。女の子は道路に叩《たた》きつけられるように倒れて――自転車は、振りむきもせず逃げていった」

「ひどい」

未亜は息を呑《の》んだ。

「それで、どうしたの。通報したの？　犯人の顔はちゃんと見たの」

数秒、立花は無言で彼女の顔を眺めやった。見知らぬ生き物を見るかのような目つきだった。彼は唇を曲げ、冷笑した。

「いや、通報せず、青信号になると同時にその場を離れた」

「そんな。どうして」

「高瀬部長が言ったからさ。『待ち合わせは六時半なんだぞ。遅れちまうだろ、さっさとしろ』ってな。その夜は部長が楽しみにしていた合コンで、おれと烏丸は人数合わせの盛り上げ要員兼、代行運転手として呼ばれてたんだ」

「でも――でも通報くらい。ほんの数分でできることでしょう」

「ああ。おれもそう思った。思って、助手席の烏丸を見た。あいつも真っ青な顔してやがったよ。でもそのとき、高瀬部長が後ろから運転席のシートを蹴《け》って、もう一度言ったんだ。『なにぼさっとしてんだ。早く行けよ、減点されたいのか』って」

　立花は苦笑した。

「きみは知らないだろうが、同郷会ことおれたちのサークルは減点制でね。先輩がたが独断と偏見で減点したポイントが十に達すると、罰ゲームを科せられるんだ。裸踊りをさせられたり、駅前で大声で歌わされたり、酒を一気飲みさせられたり――。ガキのいじめみたいだろ？　でも、おれも烏丸もそれが怖かった。裸踊りや一気飲み嫌さに、おれはアクセルを踏んであの丁字路から逃げだした」

　バックミラーに、倒れたあの子が映っていたよ――と立花は声を落とした。

「見えなくなるまで、バックミラーでおれはあの子を確認した。烏丸もだ。あいつも、何度も何度も後ろを振りかえっていた。でもおれはブレーキを踏まなかった。烏丸も止めろとは言わなかった。高瀬部長は後部座席にふんぞりかえって大欠伸《あくび》をしていた。女の子は地面にうつぶせになったまま、最後までぴくりとも動かなかった」

未亜は呆然《ぼうぜん》と、目の前の立花を見つめた。

彼はこの数分で十も二十も老けこんでしまったかに見えた。喉にひっかかる声で、つづく言葉を吐く。

「あの子が死んだと知ったのは、二日後のウェブニュースでだ。……さすがに通報しようと思ったよ。せめて目撃情報だけでも提供しようと思った。だがその前に、いち早く釘《くぎ》を刺された」

「どういう意味」

「部長が先手を打ってきたのさ。朝イチに烏丸が教室を訪ねて来て、こう言ったよ。『高瀬部長から伝言だ』、『面倒ごとにおれを巻き込むな。立場をわきまえないようなら、今後のことは覚悟しろ、だとさ』……」

立花は乾いた声で笑った。

「馬鹿げてると思うか？　だがな、おれもあいつも五百原町に実家があって、親兄弟や祖父母が住んでいるんだ。家族を人質に取られているも同然なのさ。部長の意向を無視して、青くさい正義感だけで動くなんて、とてもできやしなかった」

「青くさい正義感ですって？」

未亜は気色ばんだ。

「あなた、なにを言ってるの？　自分の言葉の意味わかってる？　人が一人死んだのよ。それもまだ小学生の女の子が」

「わかってるさ」

苦りきった顔で立花は吐き捨てた。

「わかってるからこそ、何度もあの現場へ戻ったんじゃないか。花を買って、あの子が好きだったらしいジュースを供えて――何度も掌を合わせに行った。毎日のようにあそこへ通ったんだ、おれは」

立花は未亜へ向きなおった。

未亜は思わず数歩、退《しりぞ》きそうになった。立花の眼球には血のすじが走り、眼窩《がんか》から飛び出んばかりに膨れて見えた。形相が変わってしまっていた。

「烏丸が、憎かった」

立花が正面から未亜を睨《にら》み据える。

「あいつだけじゃない。――あんたのことも、憎かった」

耐えきれず、未亜はついに一歩下がった。

彼の視線が突き刺さるようだった。言葉以上の憎悪を感じた。だが、憎まれる理由がわからなかった。

「どうして」

未亜は呻《うめ》いた。

「どうしてあたしたちがあなたに憎まれなきゃいけないの。なぜ」

立花の目に険が走った。

「おれと烏丸は、同じ立場のはずだったんだ」

虚を衝《つ》かれた未亜に、彼がつづけて叫ぶ。

「おれもあいつも、先輩に睨まれていた。地元とは関係ない女と親しくなって、しかもそれを上に報告しなかったからだ。信じられるか？　おれたちは先輩の許可がなけりゃ女と付き合うこともできない。進路だって百パーセント思うようには選べないんだ。それをなんで、あんたと烏丸は許されて、おれは——」

「そんなのあたしのせいじゃないわ」

未亜が怒鳴りかえした。

「あたしたちはなにもしてない。恨むなら先輩を恨めばいいじゃない。第一、事故を目撃した当事者の立場なのに、あんなくだらない度胸試しまでやるなんて。どこまで上の言いなりなの。恥ずかしくないの」

「言いなりじゃない」

立花はかぶりを振った。

「あの度胸試しは、おれの発案だ。おれが高瀬部長に進言したんだ。部長はいかれてやがるからな、不謹慎な悪ふざけであればあるほど喜ぶのさ。きっと食いつくだろうと思ったら、予想どおりだったよ」

未亜は目を見ひらいた。立花を薄気味悪そうに見やる。

「あなた、おかしいわ」

「そうかもな。だがおれにとっては、自分が置いた花や菓子を回収するだけのことだ。あの電柱に供物を置いた人なら皆やっていることさ。近所の迷惑にならないよう、数日したらまた訪れて持ち帰る。それを夜中にやっただけのことだ」

「でもなんでそんなこと、わざわざ」

「烏丸と二人になりたかったからだよ。——もう一度、あの現場で」

立花は声を落とし、言った。

「別所さんに、とくに恨みはなかった。ただの数合わせ要員だ。おれたちと同じく、いや、それ以上に先輩に疎まれていたからちょうどよかったってだけだ。だからあの夜は適当に言いくるめて、車で待っていてもらった。烏丸と、二人だけになりたかったから」

「どうして」

未亜の問いに答えず、彼はかぶりを振った。

「——霊感がある、ってほどじゃないんだ」

立花はうつろに言った。

「でもガキの頃から、ほんのうっすら、そういうものの気配がわかることがあった。どうしてかな、中でも〝あの子〟ははっきりわかったよ。肌であの子を感じた。ひりひりと痛いくらいだった。おれにはわかったんだ、あの子はおれの意思を汲《く》んでくれる、って」

だからあの夜あの場でおれは訴えたんだ、と立花は笑った。

烏丸に背を向け、少女の霊に掌を合わせながら訴えた。

おれをきみにやる、と。きみを轢《ひ》いて逃げたやつの横顔を、特徴をおれは覚えている。だから、情報ごとおれをきみたちにくれてやるから、烏丸のやつも諸ともだ——と。

「そんな」

未亜は声をあげた。

「そんな——そんなの、おかしい。ただの逆恨みだわ」

「わかってる」

微妙に焦点の合わぬ眼で立花は言った。

「いいえ、わかってない」

未亜は叫んだ。

「だって、怒りの矛先がおかしいじゃない。事故の直後、現場から立ち去れと命じたのは部長さんでしょう。後日あなたに口止めしたのも部長さん。それなのになぜ、標的が侑ちゃんなの。あなたに罪の意識を抱かせた元凶は、部長さんのほうなのに、どうして」

先刻も感じた怒りが再燃していた。

卑怯《ひきょう》。そう、立花は卑怯だ。部長が怖いからと、直接恨みを向けることさえできない卑怯な臆病《おくびょう》者だ。確かに侑ちゃんだって轢き逃げに加担したけれど、でも。

「いいや、きみの指摘したようなことは、全部わかってるさ」

立花は笑った。

「もちろん逆恨みだ。正当な怒りなんかじゃない。だからこそ、おれをくれてやるとあの子に誓った。すべてが終われば、ただでは済まないのはおれのほうだ。あと十日もすれば――おれのほうが、きっとやつらに呑《の》みこまれちまう。わかってるんだ。でも、それでも、おれは――」

「ちょっと待った」

夜気を声が裂いた。

大声ではなかった。ごく抑えた感情のない声音だった。にも拘《かか》わらず、未亜と立花は気圧《けお》されてはっと振りむいた。

烏丸が立っていた。

相変わらずひどい顔いろだ。足はふらつき、いまにも倒れそうに見える。

そんな彼を両側から支える影があった。一人は並はずれた長身の偉丈夫、一人は中背で痩《や》せ形だった。そして彼らを従えるように、眼鏡の小男が先頭に立っている。

どうやら先ほどの声の主は、この眼鏡の男らしかった。彼は前髪を払って、

「ごめんね横山さん。でも烏丸くんが、きみたちに話があるようなんだ」

と背後の烏丸を親指でさした。

「話……？」

「前提の一角が、崩れ去る話さ」

夜目にもはっきりと烏丸の頬は引き攣《つ》れていた。彼はすがるように未亜を見つめ、次いで立花に視線を移した。

「すまん」

絞りだすような声だった。

「すまん。——嘘なんだ。嘘を、ついていたんだ」

「なにがだ」

立花は呆《ほう》けた顔で問いかえした。

「嘘って……なにがどう、嘘なんだ。なにが言いたいんだ、烏丸」

しかし烏丸は顔をそむけ、押し黙ってしまった。

黒沼部長がため息をつき、彼らしくないきつい口調で言った。

「埒《らち》があかないから、ぼくが彼の代わりに告白するね。立花くん、きみに烏丸くんが告げた高瀬部長の伝言とやらはでたらめだ。『面倒ごとにおれを巻き込むな。立場をわきまえないようなら、今後のことは覚悟しろ』と部長に言われた、ときみは聞かされたんだろう？　だがそれは嘘だったんだ。高瀬くんはそんなことを言っちゃいない。身の危険を感じた烏丸くんが、ついさっき自白したよ」

部長の言葉に、立花が立ちすくむのを森司は見た。

彼の頬は一瞬にして血の気を失い、真っ白だった。

未亜はといえばそんな彼と烏丸を交互に見比べ、愕然《がくぜん》と立ちつくしている。

黒沼部長が肩をすくめ、

「ついでに言えば、居眠りしていた高瀬くんは事故の瞬間を見ていなかったらしい。運転手だったきみに『なにぼさっとしてんだ。早く行けよ』と指図したのも、ただ合コンに遅れたくないがためで、とくに逃げる意図はなかったんだ」

「なぜ」

立花が呻《うめ》いた。

「ならなぜ、烏丸は、そんな嘘を」

「絶好の機会だ、と思ったんだとさ」

烏丸の右肩を押さえたまま、泉水が言った。

「立場を逆転できる絶好の機会だ、と目論《もくろ》んだらしい。さっきも言ったように高瀬なにがしは事故を目撃していなかった。しかしやつの車にはドライブレコーダが付いているから、車が事故の瞬間その場にいたことは証明できる。――烏丸はな、高瀬を強請《ゆす》る気だったんだよ」

「と言っても目的は金銭じゃないけどね」

と部長が言葉を引き取る。

「烏丸くんの目的は、同郷会ことサークル内での自分の位置の向上。今後ともなにかと高瀬くんの口利きで便宜をはかってもらうこと。もちろん横山未亜さんとの交際の許可もそれに含まれる。以上を目論んで、彼はドライブレコーダのバックアップをひそかに取って保存しておくかたわら、きみに口止めをした。目撃したのが明るみに出たら、強請りのネタに使えないからね。

　しかし実行に移す勇気はなかなか出なかった。きみに口止めをしたところで、しばし計画は止まっていた。思いとどまりつつあった脅迫を実行してしまったのは——彼いわく、きみのせいだそうだ」

　黒沼部長にそう言われ、立花は瞠目《どうもく》した。

「おれ、の？」

「烏丸くんが言うには、ね。元部員の院生くんもそれとなく言っていたが、きみたちの実家はともに五百原町で工務店を営む商売敵らしいじゃないか。立花くんはあまり気にしていなかったようだが、烏丸くんのほうはそうじゃなかった」

　部長は眼鏡を押しあげて、

「彼はね、度胸試しの夜にきみが現場で掌を合わせているのを見て、こう思ったんだそうだ。『やっぱり立花の家はうちほど困窮していないんだ。だからこんな甘っちょろい感傷に浸れるんだ。強請りまで考えたおれと違って、経済的にも精神的にも余裕があるんだ』とね。そして彼は、高瀬くんへの脅迫を実行した。——実家ごと、きみより上の立場に立つために」

　立花が口の中で呻くのが聞こえた。

森司は眉根《まゆね》を寄せていた。倒れそうな烏丸の左肩を支えながら、正面の立花を見つめる。

――こいつは、おれたちみたいに〝視える〟ってほどじゃないんだ。

でも、轢き逃げされたあの少女の波長を、彼は否応《いやおう》なしに拾ってしまったらしい。そして行き場のない少女は、彼にすがった。

彼らにべったり憑《つ》かれる者の約八割は、生前に関わりがあった者たちだ。だがあとの二割弱は関係のない運の悪かった人たち、もしくは積極的に彼らを拾ってしまった人たちだ。立花はその、典型的な後者であった。

「おまえって――やつは」

立花は烏丸の眼前に立った。

「そうか、だからか。……度胸試しの夜を境に、部長のおまえへの態度は軟化した。横山さんとの付き合いも大っぴらになった。裏でそんな工作を、おまえ――」

森司は顔をしかめ、歯を食いしばった。

彼の怒りを感じた。

立花の体のまわりに、怒りの感情とともに薄靄《うすもや》が立ちのぼる。どろどろと泥濘《でいねい》のように混ざり、溶けあった思念の塊だ。喜んでいる。立花の激情を餌に、より大きくなろうとしている。

足もとがわずかに揺らぐのを、森司は感じた。

まずい、と奥歯を嚙《か》みしめる。泉水も気づいたらしい。彼はためらいなく烏丸を離し、黒沼部長の腕を摑《つか》んだ。だが森司は、烏丸を支えたまま固まっていた。

呑みこまれそうだ——。

森司は思った。全身が粘い冷や汗で濡《ぬ》れていた。

立ちのぼった薄靄が炎のように揺れていた。目が離せない。見るまいと思うのに、意識が持っていかれる。吸いこまれる。

足もとに、ぽっかりと黒く深い穴が穿《うが》たれた気がした。いまにも烏丸ごと落下してしまいそうだ。落ちた先になにがあるのか彼は知らない。ただ、ひどく恐ろしい。

——なすすべがない。

呆然《ぼうぜん》と森司は思った。己の存在がひどく頼りない。抗《あらが》うには、あまりに相手の数が多すぎる。鼻先になまぐさい呼気を感じた。

立花が唇を曲げて笑うのが見えた。尖《とが》った犬歯が覗《のぞ》く。

せめて目を閉じたい、と森司は思った。

泉水が自分を呼んでいるのがわかる。だが遠い。切れ切れにしか聞こえない。まぶたを伏せることもかなわず、森司は凍りついたように立花と対峙《たいじ》した。

森司が覚悟した、その刹那《せつな》。

突然、立花が笑いだした。

喉《のど》の奥で引き攣れたような、力ない笑いだった。しかし底に正気の色があった。

森司は体から力を抜いた。

生者の笑い声だ、と思った。これは死びとのたてる声音ではない——。薄靄がわずかに晴れていくのがわかった。

「くだらない」

立花は笑いながら、目尻《めじり》に涙を浮かせていた。

「横山さんの言うとおりだ。おれたちはみんなおかしい。全員がどうかしてる。価値観の根っこからして、いかれてやがるんだ。そうでしょう？」

「そうだね」

黒沼部長がうなずいた。

立花が身を二つに折る。己の両膝《りょうひざ》に手を突き、肩で荒い息をする。

「なにが——なにが、五百原町だ」

ふたたび笑いだす。語気に悔恨と、自嘲《じちょう》とが色濃く滲《にじ》む。

「たかが片田舎のちっぽけな町じゃないか。おれたちはもう大人で、知恵も意思もあって、こんな立派な二本の足があるんだ。住めないと思うなら、しがらみを振りきって出ていけばいいだけじゃないか。心ごとぶっ壊される前に、いらないものはぜんぶ捨てて——」

「わかったなら、いいだろう」

泉水がさえぎった。

「その子をもう解放してやれ」

「そうだよ、立花くん」黒沼部長が同意する。「きみのためにも言う。その子をこれ以上利用しちゃ駄目だ」

静かな、だが有無を言わせぬ口調だった。

「彼女があれの一部に変わってしまう前に、放すんだ。思いを遂げさえすれば、その子は満足して逝けるかもしれない。きみの怒りは逆恨みなんかじゃなかった。むしろ正当な怒りだった。もうきみがきみ自身をやつらに捧《ささ》げる理由はないんだ。——だから、早く！」

鞭《むち》のように、部長の言葉は立花を打った。

立花が顔をあげる。

「——行けよ」

うつろに彼は言った。

「正徳学園高校サッカークラブの指定バッグ。蛍光グリーンのロードバイク。赤と黒のカーボンホイール。……あとは、好きにしろ」

投げだすように言うと同時に、立花の体から、そして烏丸の肩から、どす黒い靄《もや》が炎のように立ちのぼるのが見えた。夜闇よりも一段濃く黒く、ぞっとするほどあざやかに映える。

一瞬、くすくす笑いが闇に響いた。

少女とも老人とも、男とも女ともとれる奇妙な声だった。一人の声にも、複数にも聞こえた。

森司の眼前で、見る間に靄の尾が薄れていく。

夜気に溶け入って、ふつりと消える。

「――行った」

森司はなかば放心して言った。

「行った――んですよね？」

泉水を見やる。泉水が首を縦にした。

「あいつらはべつに、烏丸やおまえが〝欲しかった〟わけじゃないからな。あれは、誰でもいいんだ。もっといい獲物が見つかればそっちへ行く。そういうもんだ」

「はあ……」

森司はようやく烏丸を放した。

烏丸の膝《ひざ》が折れ、地面にへたりこむように崩れ落ちる。立花は靄の去った虚空を見つめ、いまだ立ちつくしていた。

未亜が烏丸に駆け寄るのが見えた。腰が抜けたようにぼんやりと座りこむ烏丸に、未亜はかがみこみ――そして、右手を振りあげた。

頬を叩《たた》く高らかな音が、夜の公園に響いた。

11

一週間が経った。

あれから立花は夜明けを待って『三箇《か》月前、轢《ひ》き逃げを目撃した』と警察に出頭したという。

そして帰り道に彼は、大学当局にも駆けこんだ。旧『五百原会』、現『I－AIR』で横行するパワハラとアルハラについて、詳細に訴えるためであった。

免田からの情報によれば、近々『I－AIR』は準公認を取り消される予定らしい。夏休み前に活動の永久停止へ追いこんでしまうべく、堪忍袋の緒が切れた学生課が本腰を入れて動いているという噂だ。

そして黒沼部長からは、

「高瀬くんの不品行は、参議院議員の父親の耳にも入ったそうだよ。身内でのハラスメントならまだしも、轢き逃げ云々《うんぬん》で警察とニアミスしちゃったからね。『大事な選挙前に何をしてくれてるんだ！』と親父さんがかんかんらしい。勘当騒ぎにまで発展する勢いだって、知り合いの議員さんが教えてくれた」

との報《しら》せが入った。

部長は名家の生まれだけあって、県政の方面にも馴染《なじ》みがいるらしい。ともあれ高瀬家はサークルの存続などにかかずらわっている暇はなくなり、長い歴史を誇る同郷会は終焉《しゅうえん》を迎える気配が濃厚であった。

横山未亜と烏丸は、別れたようだ。こちらは鈴木から入った情報で、

「他人の恋愛にどうこう言える身分やないですが、別れて正解なんと違いますかね。烏丸くんが『きみと付き合いたくて必死で、汚い真似にまで手を染めてしまった』とすがって、けんもほろろに突っぱねられたとか。大学構内のあちこちで、類似の目撃証言を耳にしましたわ」

とのことであった。

そして肝心の轢き逃げ事件は、つい一昨日《おととい》解決した。

以下は風聞であり、確かな話ではない。だが森司は真実からそう遠くない話であろうと判断していた。

警察は立花の証言から犯人の男子高校生をただちに割りだしたらしい。しかし捜査員が家を訪ねてみると、彼はすでに入院中であった。自転車での自損事故で、障害が残る可能性の高い重傷を負っていた。

「急にブレーキが利かなくなった」

「気がついたら目の前にガードレールがあった。下の河原へ投げだされたらしいが、まったく覚えていない」

と高校生は供述したという。

また渋谷果林ちゃん轢き逃げ事件について最初は否認していたものの、轢き逃げ寸前に該当の坂で画像を撮っていたこと、自転車を漕《こ》ぎながらスマートフォンをいじっていたこと等がSNSの投稿で確認されるやいなや、彼は前言をひるがえした。

「ぶつかった程度だし、大丈夫だと思った」

「急いでいたからしょうがない」

果ては「おれだって自転車の事故でこんな体になったんですよ。同じ被害者なんだから、そんなに責めることないでしょう」とうそぶいたという。

その男子高校生のSNSを、森司も黒沼部長のノートパソコンを通して閲覧した。

一目見て、森司は思わず泉水と顔を見合わせてしまった。

彼が最後に上げた画像は学校の廊下を背景にした自撮りだった。

その肩に七、八歳の少女が、べったりとこびりついているのを森司は視た。

少女は高校生を凝視していた。穴が開くほど見つめながら、薄笑っていた。

おそらく彼が自転車で自損事故を起こす、数時間前の画像であった。


「傘はいらないかな……」

講義を終えて、森司は窓の外の景色にひとりごちた。壁の時計は正午ちょっと過ぎを指している。

降ってこそいないが、肌寒い曇天の日だった。Tシャツ一枚で闊歩《かっぽ》していようものなら腕に鳥肌が立つ気温だ。おかげで六月だというのに、いまだ薄手のカーディガンが手ばなせない。

　森司は帆布かばんから携帯電話を取りだした。電話機能のアドレス帳から『灘こよみ』の名を選び、通話を押す。

「あ、灘？　こっち終わったけど、いまどこ？」

「わたしも終わりました。学部棟の出口に向かっています」

「ＯＫ、すぐ行く」

　通話を切り、森司は早足で教室を出た。教育学部棟へと向かうべく、前のめりに階段を駆けおりる。

　出入り口で待つこと一分。同じく早足で駆けつけたこよみと無事合流できた。

「先輩」

「灘」

　なぜか数秒、その場で見つめ合ってしまう。

　背後からやって来た学生たちに舌打ちされ、ようやく森司は我にかえった。こよみをうながして脇へと避《よ》ける。

「あー、ええと、どうしようか。食堂行く？　それとも外でなにか食う？　なんだったら売店で買って、部室で食べてもいいし」

「え、あ、そうですね——」

応じかけたこよみが、ふっと言葉を切った。どうした？　と問いかけて、森司は彼女の泳いだ視線に気づく。

「……もしかして、例の大河内ってやつが近くにいる？」

「はい。先輩の後ろに」

「マジか。そんじゃやっぱ、外にランチ行くか」

背後にいるらしき男の目にも入るよう、オーバーアクトで構外を指す。こよみも意を汲《く》んだのだろう、やや大仰にうなずいて森司とともに歩きだした。

「どこ行こうか」

「わたしはどこでも。この前のお店でもいいですし、『白亜』でも」

「あ、そうするか。久々にあそこのナポリタンが食いたいし」

首肯した森司に、こよみが言った。

「なぜか自宅で作ったナポリタンって、喫茶店のあの味になりませんよね。『懐かしのナポリタンを作るコツ』をネットで見かけるたび挑戦してるんですけど、いつもいまひとつ違うなあ、って」

「わかるわかる。こう言っちゃなんだけど、変にリッチな味になっちまうんだよな。市販のトマトケチャップが味も風味も向上してるからなのか、もっとべたっとした感じにしたいのに、軽く仕上がるというか」

そこで森司は言葉を切り、こよみに低くささやいた。

「……ところで大河内ってやつ、まだこっち見てる?」

「はい。見てます」

「だったらさ、あー、なんというか」

森司はひとつ咳払《せきばら》いをした。

可能な限り平静に聞こえるよう、声のトーンを抑えて言う。

「お、おれたち——もっと、カップルっぽく歩いたほうがいいんじゃないかな」

「カップルっぽく」

こよみが繰りかえす。

「うん。もうすこし距離を詰めてさ。傍《はた》からでも仲よさそうに見えるよう、親密な雰囲気をかもしだす感じというか。ただ並んで歩いてるだけじゃ、恋人感に説得力がないかなって、つまりその」

こよみに異を唱えられぬようまくしたてながら、森司はそっと自分の左腕を体から離した。「手をつなごう」と、なるべくさりげなく彼女に差しのべるつもりであった。しかしその前に、

「で、では、失礼します——」

こよみが彼の左腕に寄り添い、そっと腕を絡めてきた。

意外な展開だった。

不覚にも森司は「おおぉ」と口の中で呻《うめ》いた。

体の左側に、なにやら甘やかな天国のごとき香りと感触がある。一瞬、くらりときた。どうやらおれはいま、こよみちゃんと腕を組んでいるらしい。これは、手をつなぐよりさらに上の行為ではなかろうか。カップルとして中級程度、付き合って三箇月《か》は経たねば為し得ない所業な気がする。

もしかしておれは一生ぶんの運をいま使い果たしていないか——と森司は危ぶんだ。おれは明日にでも死ぬのではないか。

いや死んではいかん、と内心で森司はかぶりを振った。

今日明日に死んではせっかくの任務が果たせない。彼女を守りとおすという使命をほっぽらかして、勝手にくたばるわけにはいかない。お花畑で待っているおばあちゃんにはすまないが、会いに行くのはもうすこし先だ。

「灘。あの、おれ、頑張るから」

こよみの耳にだけ届くよう、森司は低く告げた。

「きみを守るのはもちろんだけど、ちゃんと恋人同士に見えるように努力する。他人の目に、きみがごく自然に楽しそうに見えるよう、頑張るから」

なぜかこよみはかすかに息を呑《の》んだ。

数秒、森司の横顔を見つめてから、彼女は言った。

「頑張らなくていいです」

こよみが目を細めて微笑む。

「――先輩は、そのままでいいんです」

たわんだ電線から、数羽の雀が飛び立つのが見えた。雨の匂いをはらんだ風が木立を揺らす。正門の向こうをバスが横切っていく。

「あ」

森司は口をあけ、声を押しだした。

「――ありがとう」

ほかに言える言葉がなかった。こよみが「いえ」とはにかんだように応《こた》える。

ふと視線を感じ、森司は顔をあげた。

付属図書館の窓辺に誰かが立って、ガラス越しにこちらを見ている。男だ。見覚えのある眼鏡にグレイのベスト。大学職員の免田であった。

免田はなぜか慈愛の微笑みをたたえ、森司とこよみを見守っていた。駐車場の方角から、甲高いクラクションが長々と響いた。

第二話　指は忘れない

1

　放課後の教室に、蜜柑《みかん》いろの西陽が射しこんでいた。

　校庭が望める窓のサッシは開けはなたれていた。やや日焼けしたカーテンが風をはらんで膨らみ、クリスタルの一輪挿しを危うく倒しそうになる。

「あぶなーい」、「やだあ」、「え？　まだはじまってないよね？」

　女子生徒の嬌声《きょうせい》と、含み笑いが教室の底を這《は》う。

「ねえ及川《おいかわ》さん、そろそろ準備いい？」

　千華《ちか》に声をかけられ、聖奈《せいな》は「まだ駄目」と答える。睫毛《まつげ》を伏せて指を組み、鏡の前で練習した〝神秘的な表情〟を精一杯作ってみせる。

「窓を閉めてちょうだい。それからカーテンも。ほんとうはできるだけ真っ暗闇のほうがいいのよ。夾雑物《きょうざつぶつ》は、集中のさまたげになるから」

　キョウザツブツだのサマタゲだの、普段は使わぬ硬い言葉を選ぶのも演出のうちである。だが台詞《せりふ》の内容はあながち嘘ではない。明るいよりは暗いほうが気分が出やすい。

　自己催眠に、雰囲気づくりはなにより重要だ。その気にならなければ、我ながら途中で噴きだしてしまいそうになる。

女子生徒たちは神妙な顔で、言われるがままに窓を閉め、カーテンを引いた。廊下へつながる前後の引き戸にも、内側から鍵《かぎ》をかける。

携帯電話の電源は切っておいて、とおごそかな声で聖奈は言った。

彼女の机のまわりに集まった六人の女子は、反駁《はんばく》もせず電源を切った。どの顔にも中学生らしい幼い高揚と興奮、そして一抹の残酷さが浮かんでいた。

「歌って」

聖奈は命じた。

机の前に座った聖奈を、六人の少女が輪になって取り囲んでいる。聖奈は空白のノートを開き、紙面に垂直になるよう左手でサインペンをゆるく構えた。深呼吸し、仏像のような半目になる。

少女たちが低く歌いだした。

讃美歌《さんびか》だ。この私立聖マティア付属中学校は、高校までエスカレータ式のプロテスタント系学校であった。毎朝始業前に「チャペルアワー」と呼ばれる礼拝があり、牧師さまのお説教ののち全員で讃美歌を歌うのが決まりだ。

一般にカトリック系は女子のみの学校が多く、プロテスタント系は共学が多い。そして御多分に洩《も》れずこの中学校も共学である。

しかし放課後の教室に残るのは、いつも女子生徒ばかりだった。

目を伏せた少女たちの唇から、低く讃美歌が流れる。リーダーの選曲だろうか、『命の旅路は黄昏《たそがれ》ゆく』である。

聖奈は半目のまま、サインペンでノートにゆっくりと円を描きはじめた。

何度も何度も、最初の円をなぞるように線を重ねていく。

普段の聖奈は右手でペンを持つ。本来は左利きだったが、幼い頃に矯正されたのだ。現在の聖奈はむしろ両利きに近かった。それを利用して聖奈は「別人格のときは左利きになるの」と称していた。

クラスメイトの何人が本気で信じているかは知らない。だが聖奈が多重人格だの霊感少女だのというキャラを保っているうちは、すくなくともあの子は相手にしてくれる。おかげで聖奈は人の輪に入っていけるし、注目を浴びることだってできる。

右肩に誰かが手を置いている。

讃美歌が低くつづいている。

頃合いだとみて、聖奈はサインペンの動きを変え、文字を綴《つづ》りはじめた。わざと震えるような筆跡を装って、異様な雰囲気をかもし出すのが聖奈の得意技だった。

書く文章はいつもたわいのない、適当に不吉で曖昧《あいまい》な内容ばかりだ。たとえば「この中の誰かが、いずれ死ぬ」といったような――。

当たり前だ。誰だって何十年か経てば死ぬに決まっている。でも級友たちは皆、この程度できゃあきゃあと喜んでくれる。女子中学生の大好きな、ちょっぴり特別でちょっぴり怖くて、そのくせ無害なお遊び。

——見ているぞ、とでも今日は書こうかな。

誰が、とは書かない。誰を、と書くつもりもない。ただぼんやりと不気味な言葉。そして皆が好きそうな、歓迎しそうな言葉。

み、て、と文字をノートに書きつけていく。

しかし「い」の字を綴る前に、ペンの先が突然ぐいと動いた。

聖奈はあやうく悲鳴をあげそうになった。喉《のど》の奥がぐっと鳴る。

ペンはまだ動いている。動きつづけている。制御がきかない。

まさか、と聖奈は思った。嘘よ。まさかこんな。

——まさか。

ペンが滅茶苦茶に躍る。文字がノートにうねる。見て。みて。ミテ。見てみてミテ見て見て見て見てみてみてみてミテ見て見て見ていいいいいいいいいるぞ見て見てみている見てミテいいいいいいいいいいいいいる——。

右肩に指が食いこむ感触があった。

先ほどから肩に置かれていた手だった。ぎりぎりと指が、いや爪が食いこむ。

学校指定のブラウス越しに、皮膚へ突き刺さる。痛みに聖奈は歯を食いしばった。

気づけば、歌声は止まっていた。

ペン先がさらに大きく動いた。

2

「法学部一年の、及川聖奈と言います」

と名乗った女子学生を見て、「これはまた、横山未亜さんとは違ったタイプのモテ系女子だなあ」と森司は感心した。

けして美人ではないが、小動物のような丸い二重の目が愛らしい。ゆるいウェーヴのかかった栗色の髪がふわふわと肩まで垂れ、色白の頬はピーチズ・クリームのチークに染まっている。完璧《かんぺき》な歯並びといい流行色を乗せた唇といい、一般学生とは思えぬアイドルじみた可愛さであった。

「ええと、片貝《かたがい》先輩のご紹介でうかがいました。本日はお時間を割いていただいて、ありがとうございます」

と舌足らずな挨拶《あいさつ》まで、どことなくアイドルふうだ。

しかし日頃から美形を見慣れている黒沼部長は、意にも介さぬふうに首肯した。

「ああ、片貝璃子《りこ》さんの高校時代の後輩だってね。彼女から、話のさわりだけは聞いてるよ」

片貝璃子は相棒の五十嵐結花《いがらしゆか》とともに、オカ研の準部員と言ってもいいほどに馴染《なじ》みの深い学生である。しかし二人とも就活中の身ゆえ、今年度に入ってからはあまり部室へ顔を出してくれない。

「お土産の焼菓子？　ああ、ありがとう。さっそくいただかせてもらうけど、ティーバッグの紅茶でごめんね。今日は美味《おい》しいコーヒーの淹《い》れ手が、ちょっと忙しくてね」

と部長が苦笑する。

彼の言葉どおり、現在部室には黒沼部長、森司、鈴木の三人きりだ。泉水は例のごとくバイトで、こよみはレポートのため図書館に詰めている。

しかたなく鈴木が湯を沸かし、過去の依頼人から差し入れされたティーバッグで森司が紅茶を淹れた。蒸らしかたなど知らないので、それらしき色が付いたところでバッグを引きあげ、ソーサーごと聖奈へカップを渡す。

部長は紅茶の味へとくにコメントはしなかった。バタークリームがサンドされたココアクッキーをひとくち齧《かじ》って、

「じゃあ本題に入ろうか。——ええと及川さん、きみの頼みは『いますぐ霊感が欲しい』んだってね？」

その台詞に、森司はぎくりとして聖奈を見つめた。

すぐ脇の鈴木も同じく彼女を凝視している。

当然だろう。森司も鈴木も視える性質《たち》だが、とくに鈴木はそのせいで幼少時から多大な苦労を背負ってきた。こんな厄介なお荷物、欲しいと言うならくれてやる、と感情的に怒鳴りだしてもおかしくないくらいだ。

だが彼らのそんな気持ちなど露知らず、聖奈はこくりとうなずいた。

「端的に言えば、そういうことです」

「それはまたなんで？　まあ欲しいと言われても簡単にあげられるもんじゃないけどさ、きみがそう思うに至った経緯を教えてもらっていいかな」

部長の言葉に、聖奈はしばし押し黙った。

紅茶のカップに口を付け、恥ずかしそうにうつむく。

「あのですね、わたし、高校デビューでキャラ変えましたけど、じつはその前は、地味でとにかく痛い子で……」

「へえ」

意を決したように顔をあげる。

「じ――自称、霊感少女だったんです」

部長が冷静に相槌《あいづち》を打った。

「大丈夫、平気平気。その程度の黒歴史なら誰にでもあるから。かくいうぼくなんか厨《ちゅう》二病《にびょう》の現役で、いまだに本気でＣＩＡに就職したいと思ってるし、テロリストやゾンビと戦う脳内シミュレーションを欠かさないし、空から早く美少女が降ってこないかなって考えてるよ。だから気にせず、どうぞ話を進めて」

「は、はあ……」

あまりに淡々と認める部長に、聖奈は気圧《けお》されている様子だった。ふたたび紅茶を口に含み、気を取りなおして言葉を継ぐ。

「その、自称霊感少女だったのは……中学生の頃です。言うのも恥ずかしいですけど、多重人格っていう設定でした。も、もう一人の人格は左利きでクールで霊感持ちで、死者と交流することができる、っていう……」

顔をそむけ、耳まで赤くして聖奈は告白した。

森司はさすがに彼女が気の毒になった。

隣で彼女に白い目を向けている鈴木の気持ちは十二分に理解できる。できるけれども、聖奈の心境もわかってしまうのだ。かつてティーンエイジャーだった者として、あの頃の所業を己で、しかも人前で打ちあけねばならない羞恥《しゅうち》は察するに余りある。

しかし「現役厨二病」と自分までもぶった斬る黒沼部長は、

「うん、それで？」

といたって平然と先をうながした。

「及川さんの第二の人格は死者と交流できるって設定なんだよね。それはいったい、どういう手段でもって交流するのかな」

鬼だ、と森司は思った。関係ないこちらのほうが耳を塞《ふさ》ぎたくなる。他人の話とわかっていても恥ずかしい。自分の黒歴史まで、芋蔓《いもづる》式に記憶から掘りかえされてきそうである。

聖奈はいまにも泣きだしそうな顔で、

「じ、自動書記、で――」

と懺悔《ざんげ》し、己の膝《ひざ》に勢いよく顔を伏せた。

「ああ、なるほど」部長が顎《あご》を撫《な》でた。

「さっきも言ったように、そんなに恥ずかしがることないよ。大丈夫、中学生なんてみんな似たり寄ったりなんだから。むしろ十四、五歳で自意識が肥大しない人間や、『ここではないどこか』、『自分でない自分』に憧《あこが》れた経験のない人間のほうが、よほど精神的に不健全だと思うね」

彼はちぎったマドレーヌを口へ放りこむと、

「それよりぼくが気になるのはことの経緯だ。そんなに悔やんでいる当時の状況に、なぜきみは戻りたいだなんて言うのかなあ。霊感が欲しいってのは、つまり当時に帰りたい意味も含むんじゃないの？」と言った。

聖奈の口もとがわずかに痙攣《けいれん》する。

ややあって彼女は深い諦念《ていねん》のため息をつき、

「……じつを言うと幽霊なんて、昔もいまも一度も信じたことなかったんです……」

とまぶたを伏せた。

「でもいまは違うんだ？」

「はい……」

いかにも聖奈はばつが悪そうだった。

「じゃあ、そう思うに至ったきっかけを教えてくれないかな」

「──あのう、すみません」

森司はおずおずと手を挙げた。

「不勉強で申しわけないですが、自動書記ってなんですか」

「あれ、いままで説明したことなかったっけ」

急に部長が目を輝かせて、森司を振り向く。

「ありていに言えば死者から、あるいは遠い宇宙の彼方《かなた》から〝受信〟した意識を書きとることによって、周囲にメッセージを伝える行為かな。恐山《おそれざん》のイタコがやる口寄せの筆記バージョンだ。むろん自動書記者は霊媒や巫女《みこ》などに限られるね。そして憑依《ひょうい》されたトランス状態でペンを走らせる」

と部長は生き生きとした口調で、

「自動書記で有名な霊媒といえば、まずレオノーラ・パイパー夫人かな。心理学者で哲学者のウィリアム・ジェイムズは長期にわたって批判的な立場から彼女を観察しつづけた結果、『ついに彼女の能力を認めざるを得なかった』と述べている。同じく彼女を研究していたリチャード・ホジソンは生前から『わたしが死んだらパイパー夫人を介して現れるだろう』と公言していた。実際にホジソンの死後一週間して、パイパー夫人は冥《めい》界《かい》からの彼の言葉を自動筆記によって伝えはじめたと言われている。

ほぼ同時期に活躍したトゥホルカ夫人はパイパー夫人ほど信憑性《しんぴょうせい》がない──要するに、

たまにズルをやらかす霊媒だったらしい。だがやはり長期にわたる観察と研究の果てに『偶然だけでは説明できない。特異な能力者であるのは否定しようもない』という結論が出された。彼女は隠されたカードの記号や文字を、トランス状態で模写することができたというね。

またヘザー・ウッズという自動筆記者は、亡くなった司祭による妻宛てのメッセージを『チャネリングした』らしい。妻いわく筆跡は夫である司祭のものにそっくりで、彼しか知らないはずの妻の愛称まで記されていた。このヘザーはたった数分で、A4用紙三枚にびっしりの文字を自動書記できたそうだよ」

と、ろくな息継ぎもなく一気に言った。

聖奈が呆《あき》れ半分、憧憬《しょうけい》半分の眼差《まなざ》しを彼に向けている。

部長はほっと息を継ぎ、

「と、ひとまず薀蓄《うんちく》はさておいて、話を戻そうか。――及川さんは幽霊を信じていないのに、どうして霊感が欲しいの？　霊感少女だった中学時代を、自分でも黒歴史だと思っているのになぜ？」

「それは……」

ふたたび聖奈は身を縮めるようにして言った。

「……じつは先日、中学のときのクラスメイトと、再会したんです」

「ほう。話がつながってきたね」

「はい。でもええと、すみません、わたしは部長さんみたいに話がうまくないので、順を追って説明させてもらいますね」

聖奈は二、三度咳《せき》をして喉《のど》の調子を整え、

「さっきも言ったように、わたしは当時、地味で痛い子でした。ただ地味だったのは理由があって、母が『親の庇護《ひご》下にある女の子におしゃれなんか必要ない。コンタクトレンズ？　美容院でヘアカット？　制服以外のスカート？　そんな贅沢《ぜいたく》、うちではいっさい認めません。テレビ駄目、漫画もゲームも駄目。市販のお菓子は毒。カップ麵《めん》もファストフードも毒。食べていいのはうちで出す食事と給食だけ。読んでいいのは図書館の本だけ』って教育方針の親だったんです」

「そりゃ可哀想に」

部長が慨嘆した。

「ファッショもいいとこだね。まさに圧政だ」

「はい。だからあの頃のわたしは壜底《びんぞこ》眼鏡で、ワカメちゃんみたいなおかっぱ頭で、みんなが楽しそうに盛りあがるテレビやアイドルの話にまるでついていけない、みそっかすの子供でした」

ほろ苦く聖奈は笑った。

「だから輪に入るためには、図書館で読んだオカルト本から蓄えた知識でクラスメイトの気を惹《ひ》くしかなかったんです。ほんと痛いでしょ？　かろうじていじめられずに済んだのは、ミッション系の穏やかな校風だったからだと思います」

「ミッション系」

思わず森司は口を挟んだ。

「ということはきみ、聖マティア付属中学校の出身か。男子は白い学ラン、女子は白いセーラー服で有名なあの」

「ええ」

聖奈は苦笑して、

「と言っても卒業はしてないんですけどね。中三の夏に両親が離婚して、わたしは父に引き取られたんです。引っ越しにともなって転校して——それを機に、すべてが一変しました」

彼女は面映《おもは》ゆそうに語った。

「父の実家近くへ引っ越したことで、祖父母と交流が密になったんです。父の妹である叔母《おば》の存在も、はじめて知りました。祖母と叔母はわたしに女の子らしい服を買ってくれました。テレビも漫画も制限なく観させてくれました。アイスクリームやケーキをはじめて食べたのもこの頃です。まともな下着も、標準的な長さの靴下も買ってもらえました。髪も生まれてはじめて伸ばしました」

聖奈を見る鈴木の視線から、いつしか険が取れていることに森司は気づいた。鈴木もまた、実親と折り合いが悪かった子供である。森司はそっと彼から顔をそむけ、聖奈に目を戻した。

「わたし、いわゆる〝高校デビュー〟ってやつなんですよ」

聖奈は眉《まゆ》を下げて笑った。

「高校入学をきっかけに眼鏡をコンタクトにして、叔母のアドバイスどおりヘアスタイルもなにもかも一新しました。中学時代から百八十度変えて、思いきりガーリッシュかつ天然、みたいなキャラになりきってみたんです。……なぜって、男の子にモテたかったから」

「うん、そこ重要だよね」部長が真顔で応じた。

「大丈夫、卑下することないよ。モテたくない人類なんていないから」

と彼は手を振って、

「いまの及川さんを見るに、キャラを変えてのデビューは大成功だったみたいだね。高校でもさぞモテただろうし、雪大《うち》に入学してからもモテてるでしょ？　新歓コンパなんて、男子が群がって大変だったんじゃないの」

聖奈は「ええ、大変でした」とうなずいて、
と頬杖《ほおづえ》を突いた。

「あ、すみません。モテたからじゃないですよ。そうじゃなくて」

と慌てて手を振る。

「――そこでさっきの話につながるんです。新歓で行った飲み会のビストロで、聖マテ

ィア時代のクラスメイトと鉢合わせしてしまったんです」

「そう来たか」

部長が相槌《あいづち》を打つ。

「向こうは及川さんのこと、すぐにわかったの？」

「いえ、いったんは素通りされかけました。でもこっちが反射的に『あっ』て顔をしたせいで、ばれちゃったんです。彼女は千華ちゃ――いえ、福永《ふくなが》千華さんといって、人気者グループの中心メンバーでした。明るくて活発で、わたしとは正反対なタイプの子です。鉢合わせというか、彼女がテーブルに注文を取りに来て、それで」

「注文を取りに来たってことは、その福永さんは店員さん？」

森司が問う。聖奈は首肯した。

「はい。でもバイトだそうです。春に聖マティア高校を卒業して、いまはフリーターだって言ってました」

聖マティア卒なのにフリーターかあ、と森司はひそかに胸中で嘆いた。あの純白のセーラー服への憧憬が、多少なりと薄れてしまいそうだ。夢が壊れることははなはだしい。

「でもそのときはオーダーが優先だったから、『ひさしぶり』とか『元気？』とか二言三言交わしただけだったんです。問題はそのあとでした。お手洗いに立ったとき、千華ちゃんに廊下で呼び止められまして――」

聖奈はためらいがちにつづけた。

「前置きもなにもなく、いきなり言われたんです。『ねえわたし、霊に取り憑《つ》かれてるみたいなの。聖奈ちゃんなら祓《はら》えるよね、除霊して』って」

「ほう」

部長が前傾姿勢になった。

「ようやく本題に入ってきたね。要するにその子の中では、及川さんはいまでも昔のイメージのまま固定してるわけだ。なかばで転校したから無理ないとはいえ、でもいきなりその言い草はすごいね」

「わたしもびっくりしました」

聖奈はうなずいて、

「千華ちゃんだと一目でわかったのも、じつはそこなんです。こんな言いかたは失礼ですけど、彼女、ぜんぜん変わってなくて。外見だけじゃなく、中身もあの頃のままでした。よく言えば明るくて無邪気なんですけど……すごく、子供っぽいと言うか」

「じゃあ良家の子女が集まる学校を卒業して、フリーターになっちゃったのも精神年齢がゆえかな。ってまあ、それはさすがに大きなお世話か」

部長が頬杖を突く。

「フリーターと言ってもお金に困ってるわけじゃないから、ほんのお手伝い程度みたいですよ。週二回しかシフト入れてないって言ってましたし。バイトも彼女にとっては娯楽の一部、って感じでした。わたし、そんな千華ちゃんに『ああ、昔のままだなあ』って、ある意味感心しちゃって」

「で、そんな彼女の『除霊して』の頼みに、及川さんはどう答えたの」

「もちろん断りました。恥を忍んで『霊感なんて嘘です。みんなの気を惹きたかっただけで、多重人格でもないし霊媒でもありません』って」

「相手は納得してくれた？」

「いえ」

聖奈はうつむき、かぶりを振った。

「駄目でした。まったく取りあってくれないんです。『いいからいいから！』で押し切られて、結局翌日、千華ちゃん家《ち》に行くことになっちゃって……」

「行ったんだ」

森司は驚いて口を挟んだ。

「でも行ったところでなんにもならなかったよね？　だってその、きみは〝視えない〟人なんだから」

「いえ、それが、その」

聖奈は言いよどみ、

「——出《い》たんです。ほんとうに」

と声を落とした。

数秒、部室が静まりかえる。部長が眼鏡を指で押しあげた。

「出たということは、つまり及川さんにも霊が視えたってこと？　失礼だけど、それは確かな話なのかな」

「あらたまって訊《き》かれると、自信はないです。でも千華ちゃんの部屋で、なんというか……おかしなものの気配を感じたのはほんとうです」

「ちなみにその〝出た〟んは、どないなやつでした？」

鈴木が尋ねる。

「女ですか。型どおりに髪が長《なご》うて白い服着て、ってやつ？　もしそうなら、集団催眠的なもんと違いますかね」

しかし聖奈は「いえ」と首を振った。

「虫です」

「え？」

「む、虫の幽霊でした。……姿は見えませんでしたが、感触があったんです。あ、脚を、もぞもぞ這《は》いのぼってきて。チーチーって、かすかな鳴き声まで」

森司は部長と顔を見合わせた。

まさか、という思いがよぎる。

以前にも虫の霊に関する依頼を受けたことがあった。「死のう死のう」と生者をそそのかす、女の顔をした虫――。

――まさか、あれの再来《さいらい》じゃ。

森司の顔から血の気が引いた。あのときは森司自身、ひどい目に遭いかけたのだ。なんとか事なきを得たものの、当夜の記憶はいまだにおぼろだ。二度も三度も同じ経験はしたくない。

蒼白《そうはく》になった森司を、当時まだ部員ではなかった鈴木が怪訝《けげん》そうに見つめている。

部長は聖奈に目を戻して、

「その虫は福永千華さんの自宅の部屋に〝出た〟んだね？　彼女の話じゃどうなの。そいつは継続的に出てくる霊なのかな？」

「そう、みたいです」

聖奈は胸の前で両手を組んでいた。

「それで、あの、気のせいかもしれないんですけど……その日以来、わたしもたまにアパートで、同じ気配を感じることが、あって」

「虫の気配がってこと？」

「はい。でも千華ちゃんの家で感じたほど、はっきりじゃないんです。だから錯覚というか、それこそ自己催眠みたいなものかもしれません。でも怖いし、気持ち悪くてたまらないんです。それに千華ちゃんからはまだ、しつこく電話もＬＩＮＥも来るし」

「なるほど。それで冒頭の依頼に戻るってわけだ。『いますぐ霊感が欲しい』と」

部長が言う。

聖奈は大きく首を縦に振って、

「そうなんです。ほんとうに霊感さえあれば、あれがなんなのかわかるし、千華ちゃんの望みどおりに祓うことだって――」

「いやあ、霊感と除霊能力はまた別ものだから」

森司は思わずさえぎった。

夢を壊すようで悪いが、たいていの霊感持ちはただ〝視える〟だけである。ああいるな、と思ったら足早に通り過ぎ、次からその道を通らぬよう心がける程度しかできない。呪文を唱えたら一発で霊が雲散霧消だなんて、漫画か映画の中だけの出来事だ。

そう説明すると、目に見えて聖奈はしゅんとなった。

部長が苦笑して手を振る。

「まあそう落ちこまないで。ぼくらには確かにお祓いはできないけど、霊感がある部員を貸し出すくらいはできるよ」

と、森司ではなく鈴木を見やった。

「午後になればぼくの従弟《いとこ》が来るから、人手も増える。福永千華さんには〝及川さんは成長するごとに霊力を失って、今は完全にふつうの人になった〟って設定でいくとしようか。ぼくらはその設定に沿って、及川さんをサポートする形で動くからさ。それでどうかな？」

3

聖奈が部室を出て数分で、昼休みの時間となった。森司がいそいそと立ちあがる。

「すみません、おれ灘を迎えに行かなきゃいけないんで、これで」

片手を挙げて言うと、奇妙な間が流れた。

黒沼部長と鈴木がさりげなく目を見交わしている。そのなんとも言えぬ空気に「あれ？」と森司は訝《いぶか》しんだ。

――あれ、おれがこよみちゃんのボディガード役をつとめてるって、とっくに藍さんから伝わっているだろうに。

だがそう思ったそばから、そういえば藍からはっきり聞いたわけではない、と気づく。先日の態度からして部長が知っているものと決めこんでしまったが、微妙な齟齬《そご》がある気がする。

森司の胃のあたりから、急に羞恥《しゅうち》がこみあげてきた。

当然のように「迎えに行かなきゃいけないんで、これで」などと口走ってしまった己が恥ずかしい。まさか無意識のうちに決め顔などしていなかっただろうか。気まずい。いたたまれない。

「で、ではおれは、失礼しましゅ」

と噛《か》みながら、森司は逃げるように部室を出た。

届いたLINEによれば、こよみは構内の図書館で教育臨床基礎論のレポートを手直ししているそうだった。

なんでも添付した資料に不備があったらしい。彼女にしては珍しい凡ミスである。

「すぐ行く」と送り、森司は人文学棟の方角に向かって歩き出した。

図書館が臨める位置にまで来ると、出入り口にこよみが立って待っているのが見えた。

思わず駆け寄る。なぜかこよみもこちらへ走ってきた。

「先輩」

「灘」

その場で見つめ合うこと、数秒。ローソンから出てきた学生とあやうくぶつかりそうになり、二人とも我にかえった。

「ど、どこに行こうか。ええと、例の大河内は、今日は——」

「今日はいないようです」

「そうか」

そのとき、こよみのはるか背後を横切っていく見慣れた横顔が見えた。革のショルダーバッグを左肩に掛け、長身美女が大きな歩幅で颯爽《さっそう》と歩いていく。

「藍さん」

思わずつぶやいた森司に「え？」とこよみが振りかえる。

「ほんとうだ、藍さんですね」

「学食にお昼を食べに来たみたいだな」

「じゃあわたしたちも、今日は学食にしましょうか」

こよみが森司を見あげて微笑む。森司も、へらりと頬を緩めて笑いかえした。


「——なぜそこであたしのとこへ来るのよ、きみたちは」

特盛りのカレーを前に、藍が呆《あき》れ顔でこめかみを押さえる。

森司とこよみはそれぞれ湯気の立つトレイを手に「わあ久しぶりの藍さんだ」、「藍さんだ藍さんだ」と、にこにこ顔を並べてテーブルの横に立っていた。

「せっかく二人きりになれる機会を……まあいいわ」

座りなさい、と手でうながされ、森司はこよみとともに藍の正面へ座った。

「ところで今日、部室にお客さんが来てたらしいじゃない？　そっちはどうなったの」

「あ、そうなんです。じつは——」

親子丼を口に運びながら、森司はこよみへの説明も兼ねて及川聖奈からの依頼話を手短に語った。

ひととおり聞き終え、藍が眉根《まゆね》を寄せる。

「虫の霊って、それだけでもういやな感じね。どうしても以前に遭遇した『死のぅ虫』

を思いだしちゃうし」

「そうなんです。部長もそこはわかってくれてるようで、おれじゃなく鈴木と泉水さんに任せてくれそうなんですが」

「うーん。でも遭遇者に自殺願望が起こらないあたり、前のと同種の虫とは限らないわよね。あれは確か芋虫みたいな……」

と言いかけて、藍が声を低めた。まわりが皆、食事中だと思いだしたのだろう。余談ながら藍本人はとうにカレーを食べ終え、無料サービスの番茶を啜《すす》っていた。

森司もつられて小声になり、

「ともかくその福永千華さんとやらの自宅に、部長は皆で行ってみる予定のようです。まずは及川さんに彼女と連絡をとってもらって、日程を決めてからしか動けませんが」

「そっか。土日だったら行けるけど、平日ならあたしは無理だな」

藍が残念そうに言う。

森司は首を縦にした。

「泉水さんのバイトの兼ね合いもありますから、平日になりそうですね。とくに運送屋がきついみたいです。梅雨時期の引っ越し作業はどうしてもペースが落ちるから、後あとのスケジュールに響くってぼやいてました」

「それでなくても泉水ちゃん、バイトと研究室と部長の世話で、生活ぎっちぎちだもんねえ」

藍は番茶の湯呑《ゆのみ》を置いて、

「それはそうと、こよみちゃん。どう、八神くんのボディガードは役に立ってる？」

と、わかめうどんを食べ終えたばかりのこよみを見やった。

こよみが慌てたようにうなずく。

「あ、はい。もちろんです」

「嘘ですよ。立ってません」

森司は苦笑して打ち消した。

「やってることといえば毎日ランチを一緒にとって、帰りに灘のアパートまで送り届けてるだけです。あとはなんにもできてませんし、役にも立ってません」

「なに言ってるの。それでいいのよ」

森司とこよみの前にも番茶の湯呑を差しだして、藍が言った。

「あくまで彼氏のふりなんだから、その程度で充分。こよみちゃんの周囲に男の影がつねにあるってことが重要なのよ」

「はあ」

そんなもんかな、と森司は首をひねった。

そして先刻覚えた疑問を、はたと思い出す。

「あ、そういえば藍さん、おれが灘の彼氏役をやってるって部長たちに説明してないんですか。なんだかさっき、部室で微妙な反応をされてしまったんですが」

「うん、言ってない」

藍はあっさり首肯した。

部長や泉水さんにも協力してもらったほうが、と言外に匂わせる森司に、

「どうしてです」

「どうしてってそりゃ、部長や泉水ちゃんにばれると話が大ごとになるからよ」

と藍は即答した。

「きみは男の子だからぴんと来ないかもしれないけど、この手のデリケートな問題は少人数だけでひっそり終わらせるのが肝心なの。こっちは年頃の女の子で、しかも警察に相談できるような被害はまだないと来てる。秘密裡《ひみつり》のうちに穏便に済ませられるなら、それが一番だと思わない？」

「……なるほど」

森司は納得した。確かに過去起こったストーカー殺人などでも、「女に隙があった」、「気を持たせるような真似をした」と被害者をバッシングする向きがすくなくなかったと聞く。嘆かわしいことだが、心ない輩《やから》に傷つけられないためには必要な自衛なのかもしれない。

「世の中にはね、あえて白黒つけず有耶無耶《うやむや》にしといたほうがいいこともあるのよ」

藍がにこりと微笑む。

「というわけで八神くん、今後ともこよみちゃんをお願いね」

「も、もちろんです」

意中の乙女の視線を片頬に感じながら、森司は精一杯力強く見えるよう顔筋《がんきん》を引き締めた。

4

福永千華の生家は、閑静な住宅街に建つ白壁のお屋敷だった。

いや「お屋敷」はさすがに言いすぎかもしれない。しかしただの「木造二階建て」では形容しきれぬ佇《たたず》まいなのは確かだ。

ヨーロピアンスタイルな洒落《しやれ》た鉄柵《てつさく》の内側を、さらにトネリコの木が目隠し代わりに縁どっている。いわゆるデザイナーズ建築というやつだろうか、鋭角的なシルエットの真っ白い家は、遠目に生クリームのショートケーキのように映った。さすがは娘を中高と聖マティアに通わせるだけのことはある、堂々たる邸宅である。

いかめしい門の前に集まった面々は黒沼部長、泉水、森司に鈴木。そしてもちろん依頼人の及川聖奈の五人だった。

先頭に立った聖奈が、門扉のインターフォンを押す。

「──あの、及川と申しますが」

「ああ、聖奈ちゃん？　いま門を開けるから待ってて」

応《こた》えたのはどうやら千華本人のようだ。

自動で門扉が開くとほぼ同時に、御影石のアプローチの向こうで玄関戸がひらく。彼らを出迎えてくれたのは、聖奈と同じ年頃の女だった。ショートの髪を明るい茶に染め、ジーンズにスウェット姿で両手を広げて飛び跳ねている。

「聖奈ちゃーん。よかったあ、また来てくれて。困ってたの。ほんとのほんとに困ってたのぉ」

と駆け寄り、甘えるように聖奈の手を両手で握る。

奇妙に抑揚をつけた口調といい、伸ばした語尾といい、やけに子供っぽい子だな、と森司は思った。

背は高いし、スタイルや顔立ちはむしろ大人びている。しかし全体にアンバランスというか、どこか危ういちぐはぐさがあった。

「さあ入って入って。あ、お友達の皆さんもスリッパどうぞ。雪大のオカルト研究会なんですってね。すごーい、あたしそういう本格的な人たちと会うのはじめてで、緊張しちゃいますう」

声も態度もやたらにテンションが高い。

森司の視界の端で、泉水が達観の半目になるのが見えた。

対照的に部長がいつもの愛想笑いをたたえて、

「いやあ、そんなにたいそうなもんじゃないから気にしないで。ぼくらなんて及川さんのサポート要員でしかないんだしさ。というわけでさっそくですが、例の〝出る〟お部屋を見せてもらってもいいですか？」

千華の部屋は十二帖《じょう》ほどだろうか、ベッドがあり、テレビ、ロウテーブル、ソファ、そしてごく低い本棚が置かれていた。ずらりと並んだ背表紙には『ソウルメイト』、『前世の記憶』、『魂の預言』などといったワードが満載である。

「超心理学に興味があるんだね」

部長が笑顔を崩さず言う。千華は屈託なくうなずいた。

「はい。スピリチュアル系女子なんです、あたし」

隣で泉水がさらに半目になり、鈴木が頰の内側を嚙《か》むのがわかった。部長が間髪を容《い》れず尋ねる。

「それで、どういう状況のときに出るのかな、例の虫の霊っていうのは」

「どうって、うーん……。こないだ聖奈ちゃんが来たときは、ソファに座って二人で話してたら〝来た〟んです。ね？」

千華に話を振られ、聖奈が慌てて同意する。

「そうです。ソファに並んで腰かけて、昔話なんかをしてたら急に爪先《つまさき》がもぞもぞしはじめて。最初は気のせいかと思ったんですが、千華ちゃんが『これよ、これ。虫が這《は》いのぼってくるでしょ、わかるでしょう』って――」

「でも視えはしなかったんだよね？　感触だけで」

「はい。でも虫に間違いないです。あんなふうにざわざわ肌を這ってのぼってくるものって、他にないですもん。蟻じゃなくて、もうすこし大きな、芋虫くらいの」

感触を思いだしたのか、聖奈は頬を歪《ゆが》めた。

部長が腕組みして、

「ぼくらの前にも、うまいこと出てくれればいいけどねえ。じゃあ福永さんと及川さんで、できるだけそのときの状況を再現してもらえるかな。カーテンは開いてた？　それとも閉まってた？　室内に水気はあった？」

「あ、はい。テーブルに二人ぶんのジュースが」

「申しわけないけど、同じように用意してもらえる？　音楽やテレビの音はなかったんだね。気温はどう、同じくらい？　それならいいかな」

千華がオレンジジュースのコップを二つ持って戻ってきた。

部長は彼女をうながし、

「で、そこのソファに及川さんと座ってたんだよね。左右の位置どりも、そのときと同じにしてくれる？」

と聖奈の横へ腰をおろさせようとした。

しかしその前に、聖奈の口が「あ」のかたちに開いた。

ほぼ同時に、森司の背中の産毛がぞわりと逆立った。

泉水が一歩前へ出る。鈴木が無意識のように、こめかみを指で押さえた。

——なにか、いる。

聖奈の口は開いたままだ。だが悲鳴は洩《も》れなかった。声なき声をあげながら、聖奈は自分の脛《すね》を激しく両手で叩《たた》きはじめた。

なにかを払い落としているのだ。這いのぼってくるなにかを、必死で食いとめようとしている。森司は目を凝らした。

なんだろう、なにか視える。ピンク色がかった幼虫に似たなにかが、確かに聖奈の両脚の皮膚へ貼りつき、うねうねと這っている。

緩慢に、だが執拗《しつよう》に、身をよじるようにして。

違う、と森司は思った。違う、あれは虫ではない。あれは——。

——指だ。

人間の指であった。

手の甲も、手首もない。第二関節から切断されたかのような五指だけが、聖奈の脛へ、膝《ひざ》へ、ねっとりとまとわりついていた。

「え、なに。なによ、どうしたの……」

千華が聖奈の様子に、狼狽顔《ろうばいがお》で立ちすくんでいる。どうやら彼女には〝指〟は訪れていないらしい。むろん視えてもいないようだ。

華奢《きゃしゃ》な指だった。爪のかたちが美しい。女の指だ。それも少女の指に見えた。聖奈の白く細い脚にへばりつき、くねるように蠢《うごめ》いている。

かすかな声が聞こえた気がした。鼠が鳴くような、甲高い耳障りな声だ。

――……ね。……てね。――……いてね。

耳を澄ましたが、よく聞こえない。森司は口の中で舌打ちした。

その間も指が止まる気配はなかった。

聖奈がいくら叩いても払っても、わずかに動きを止めるだけだ。聖奈のスカートが大きくまくれあがっている。だが色気は感じなかった。じりじりと五指は這い進み、両膝を越えて、ついに腿《もも》にまで達しようとしていた。

聖奈の口から、ようやく悲鳴があがった。かすれた弱よわしい声だ。だが確かに悲鳴だった。助けを呼んでいた。

森司は駆けだした。体が勝手に動いた。

部屋を斜めに突っ切って駆け、掃き出し窓のカーテンを一気に引き開ける。陽光が射しこんだ。一瞬、目がくらむ。

森司は振りかえり、聖奈を見やった。

〝指〟はすでに消えていた。気配すら、きれいに失《う》せていた。

聖奈はソファからずり落ちるように、フローリングの床へぺたりと座りこんだ。

表情が弛緩《しかん》している。完全に脱力していた。己で叩いた膝や脛が、鬱血《うっけつ》してまだらに赤くなっていた。

泉水が口をひらき、言った。

「……〝六条御息所《ろくじょうのみやすどころ》〟だな、こいつは」

「え、生霊ってこと？」

従兄《いとこ》である黒沼部長がいち早く通訳する。

泉水は苦い顔で首肯して、

「まあ、まだ死んじゃいないのだけは確かだ。ただしなぜ出てくるのかはわからん。本家本元の六条御息所と同じく色恋沙汰《ざた》による嫉妬《しっと》なのか、そうでないのかまでは判断の付けようがない。だが女であることだけは、間違いなさそうだな」

「ですね。若い女——やと思います。たぶん及川さんたちと同年代、かな。それ以上のことは、おれにもわかりません」

鈴木がキャップを外し、額の汗を拭《ぬぐ》った。泉水がふと、森司を見やる。

「それから、八神——」

「はい？」

顔を上げた森司から泉水は目線をはずして、

「いや、なんでもない。おれの気のせいかもしれん。それよりおまえ、なにか言いたいことがあるみたいだな、なんだ」

「あ、はい」森司はつばを飲みこんで、

「あのう、あれ……なにか、言ってませんでしたか？」

と言った。

「なにを言ってるかまでは、はっきり聞こえなかったんですけど。でもかん高い声で、なにかを繰りかえし訴えていたような……。たぶん〝指〟の持ち主の声じゃないかと思います」

「そうか。じゃあなにかしらの主張があるわけだ」

黒沼部長が考えこみながら言う。

「その指とやらが生霊だとするなら、これは一種のポルターガイストと考えてみるのがいいかもしれないね」

と彼は半目になって、

「ポルターガイストについては何度か語っているから今さらだけどさ。この事例においては必ずと言っていいほど『焦点になる人物は抑圧された女性、もしくは思春期の少年少女である』という報告がなされる。これについては二説あるね。一つは彼らの繊細さが霊と感応しやすいという説。もう一つは彼らのストレスや、過剰な感情エネルギーの歪みこそが超常現象を引き起こす説だ」

「要するに……生きている誰かが、わたしたちに取り憑《つ》いているってことですか。指だけの姿、になって？」

呆《ほう》けた声で聖奈がつぶやいた。

同時にそれまで黙っていた千華が、我にかえったらしく地団駄を踏みはじめた。

「ねえ、指とか生霊とか、さっきからなんなんですか。あたし全然、話についていけてないんですけど？　もっとわかるように説明してくれません？」

わめく千華を手で制し、部長は苦笑いした。

「まあくわしい説明は、あとで及川さんからしてもらってよ。それより二人とも、〝指〟もしくは〝手〟になにか心当たりはない？　たとえばきみたちの元クラスメイトで指に大怪我した人だとか、逆に手が自慢だった人とか」

しかし彼の問いに、聖奈と千華はともに困惑顔でかぶりを振った。

5

土鍋《どなべ》で飯を炊くようになって気づいたのは、炊き立ての白米の匂いが存外に強いということだ。

晴れ間を見て換気のため開けていた窓からは、早咲きの夾竹桃《きょうちくとう》が香っていた。その花香すらかき消してしまうほど、土鍋の蓋《ふた》を開けた瞬間、ふわっといい匂いが立ちのぼる。

「最近おむすびにハマってまして、なにかおすすめの具材はないですか」

と先日、森司はアパートの先輩たちにアンケートを取ってみた。だが予想されたような「鮭」、「鱈子《たらこ》」といった穏健な意見はまったく集まらず、

「ベジタリアンなんで、ぱっと見でなにが入ってるかわからんもんは食わんから知らん」

「おむすびなんて十年以上食ってないな。だいたい他人が握ったって時点で無理。回転寿司以外の寿司すら駄目だもん。親がつくったのですらしんどい」

「おれ味のない白飯って食えないんだよなあ。だから炒飯《チャーハン》とか炊き込み系以外駄目」

と、見事なまでになんの参考にもならなかった。

しかたなく今日は、大学構内のコンビニで見かけたメニューに挑戦してみることにする。細かく角切りにしたプロセスチーズとおかかふりかけを白飯に混ぜ、握って海苔《のり》で巻いた「おかかチーズおむすび」である。

七時のニュースを眺めながら、インスタントの味噌《みそ》汁をお供にぱくついた。

美味《うま》い。美味いがどことなく酒の肴《さかな》っぽい。飯を食べているはずなのに、ビールが欲しくなるのが困る。とはいえ味は上々なので星二つといったところだろう。旬になったら刻んだ大葉を混ぜこんでみてもよさそうだ。

——飯そのものはだいぶうまく炊けるようになったよなあ。最近失敗もないし。

こよみちゃん、御飯もの好きだよな。意中の乙女を思い浮かべつつ、森司はそう自問自答した。

和食はもちろんとして、洋食でもオムライス、ドリア、パエリヤといった御飯ものをオーダーするのをよく見る。いずれ彼女を招待し、手料理をふるまうという野望に一歩近づくには、やはり白飯から制しておくのが無難だろう。

「招待、か……」

ごくり、と味噌汁を飲みこんで森司はつぶやいた。

「こよみちゃんが、おれのこの部屋に……」

途端に脳内で、妄想劇場が幕を切って落とされた。

ケーキの箱など携えて「お邪魔します」と、いたって礼儀正しく戸口に現れる彼女。お洒落《しやれ》をしている。具体的な服装は思いつかないが、とにかくおれの家に来るためにお洒落をして来たのだ。そしておれは「いらっしゃい」と間髪を容《い》れず、彼女に座布団をすすめる。

なぜか脳内のおれは、実物よりきりりとして三割増しで男前である。「お手伝いします」と立ちあがろうとする彼女をスマートに押しとどめ、「お客さんなんだから、こよみちゃんは座ってて」と微笑むおれ。常にない呼称を使われ、「あ、先輩……なんだかいつもと違う」とどきっとする彼女。おれはそんな彼女に、さりげなくなにを飲むかと尋ね、階下にしつらえた秘蔵のワイン蔵へと――。

ＬＩＮＥの着信音が鳴り響いた。

森司は「うわっ」と声をあげ、座布団から飛びあがった。

いかん。この音は心臓に悪い。

恥ずかしい妄想から瞬時に覚めさせてくれたのはありがたいが、音量をもうすこし絞っておかねばなるまい。

ぶつぶつ言いながら、森司はテーブルから携帯電話を取りあげた。

だいたい秘蔵のワイン蔵とはなんだ。この小汚いアパートにいつそんなものが出来たというのか。おまえはどこの王侯貴族か、と小声で己に突っこみを入れつつ、液晶を確認する。

途端、森司は瞠目《どうもく》した。

届いていたのは長年の想い人である当の本人、灘こよみからのメッセージであった。

「夜分にすみません。明日も午前中は図書館にいます。またお昼前にメールかＬＩＮＥします。よろしくお願いいたします」

いつもどおりの堅苦しい文面だ。

しばし森司は迷った。このメッセージにそのままレスポンスするべきか、それとも。

迷った末、通話を選んだ。コール音が耳もとで響く。一回。二回。三回。

四回目で「もしもし」と声がした。

森司はつばを飲みこんで、

「あ――お、おれ。八神」

「は、はい。灘です。こんばんは」

受話器の向こうで、こよみの声がわずかに硬くなった。森司は急いで言葉を継いだ。

「いやあの、べつに、用はないんだけどさ。ただその、えーと、なんというか」

頭の中で、必死に話題を探す。

こんなとき「ちょっと声が聞きたくなって」だの「なにしてるのかなって思って」だ

の、さらりと言える男になりたい。だがそんな自分はとても想像がつかない。

「あ、そうだ。例の大河内くんのほう、大丈夫？　おれの存在って彼にとって一応プレッシャーに、いや牽制《けんせい》になってんのかな」

「ええ、はい。もちろんです。以前よりも話しかけてくる頻度が落ちていますし」

早口でこよみが答える。森司は苦笑した。

「頻度が落ちた、かあ。やっぱその程度なんだな。あんまり役に立てなくてごめん」

「いえそんな」

即座にこよみが否定した。

「ほんとうに助かってます。嬉《うれ》しいです。もちろん大河内さんのこともそうですけど、毎日お昼も付き合ってもらって、おまけにアパートまで送ってもらえるなんて。意外な特典というか、役得というか――と、とにかく嬉しいです。ありがとうございます」

「あ、いえいえ」

電話を耳に当てたまま、森司は思わず頭をさげた。

短い沈黙が落ちる。

森司の喉《のど》がごくりと鳴った。意を決して、彼は口火を切った。

「灘」

「はい」

「じつはその、ひとつ提案が、あるんだけど、いいかな」

「あ、はい。なんでしょう」

こよみの声音に緊張がよぎる。

森司は乾いた唇を味噌汁の残りで湿して、言った。

「あの——おれたちいま、付き合ってるふり、してるじゃんか。だからだな、会話の内容も、もうちょっとカップルっぽくしてみない、か？」

こよみの相槌《あいづち》を待たず、森司はさらに言いつのった。

「ほらつまり、あれだ。いつどこで大河内くんが聞いてるかわからないしさ。いつなんどき聞かれてもいいように、こう、普段から慣らしておく、というか」

「ああ、そうですね。はい」

こよみが激しくうなずく気配がした。

「でもカップルっぽい会話って……た、たとえば、どのような」

「うん、あのな」

森司は視線を宙に据え、うわずった声で言った。

「たとえば、下の名前で呼び合う、とか——」

沈黙があった。

先刻よりもずっと長い、困惑が色濃い沈黙だ。

「ごめん」

耐えきれず、森司は叫んだ。

「ごめん、やっぱりいまのはなかったことに。い、いきなりすぎるよな。いくら演技のためとはいえ、厚かましいことを言ってしまった。ほんとうにごめん灘」

「いえ」

こよみが短くさえぎった。耳もとで、彼女の決然とした声がした。

「い、いいご提案と思います。――では先輩から、どうぞ」

「え」

一瞬、森司は固まった。己の耳を疑う。しかし聞き違いではなかったようだ。その証拠に、こよみが言葉を重ねてくる。

「普段から慣らしておくんですよね。たったいま、心の準備ができました。どうぞ。お願いします、先輩」

森司の喉仏《のどぼとけ》がふたたび上下する。彼女にこうまで言われて、「いやじつは冗談でした」などと引き下がるわけにはいかない。

森司は大きく息を吸いこんだ。二、三度深呼吸をする。覚悟を決める。

「こ――」

声がかすれた。

「こよみ、ちゃん……」

三たびの静寂が落ちかけた。

しかしその前に森司が、

「駄目だ」と絶叫した。

「駄目だ。こ――これはやばい。心臓がもたない。いやほかの臓器もまずい。命が死ぬ恐れがある。若くして多臓器不全になってしまう」

「そんなにですか」

「そんなにだ」

こよみの問いかけに、森司は大真面目に首肯した。だらしなく音を上げてしまった彼の代わりに、次いでこよみが凛然《りんぜん》と表明する。

「で、ではわたしも、やってみます」

「注意しろ灘」

真剣に森司は激励した。こよみが「はい」と、ちいさく咳《せき》払いして声をととのえる。

「し――」

わずかな間があった。

「――森司、さん」

だがゼロコンマ数秒で、「駄目です」と同じくこよみも白旗を上げた。

「すみません、駄目でした。先輩の言うとおりです、駄目です。心臓が。呼吸が。多臓器に渡って、まんべんなく全体が」

「そ、そうだろう」

森司は慌てて同意し、彼女がこれ以上の無理をせぬよう押しとどめた。

「ごめん灘。深く考えずに愚かな提案をしてしまった。これは、おれたちにはまだ早いな」

「早いです。やめましょう。第一に、健康によくないです」

「灘の言うとおりだ。うん、やめようやめよう」

その後は数分に渡って、二人とも呼吸と動悸《どうき》をおさめることに専念した。

お互いの容態をいたわりつつ、なんとか脈拍が七十台に戻ったところで、「あ、そういえば」とこよみが切りだした。

「名前で思いだしたんですけど、部長の話によれば、依頼者の及川聖奈さんはクラスに溶けこめないタイプだったんですよね。だったら人気者グループの福永千華さんを、彼女が下の名前で呼ぶのはめずらしいんじゃないでしょうか」

しばし、森司はこよみの言う意味が摑《つか》めながった。

怪訝《けげん》そうな彼に、こよみが重ねて説明する。

「当時霊感少女だった及川さんに、スピリチュアル系が好きな福永さんが興味を持ったとしても、属するグループが違う二人がちゃん付けで呼び合うくらい親しくなるケースってまれだと思うんです」

確かにそうかもな、と森司は思った。男同士でも、下の名前で呼び合う級友といえば相当に親しい間柄のやつだけだ。

「キリスト教系だから、庶民の学校とは校風が違うとか？　いや逆か。礼儀作法に厳しいぶん、もっと他人行儀になりがちか」

「わたし、一般教養のクラスで聖マティア出身の子と一緒だったんです。でもその子が言うには、先生や牧師さまへの態度以外はそう厳しく言われなかったそうです。『クラスメイトの苗字を呼び捨てにするのは先生の手前できなかったけど、そのほかは普通だった。たいていは苗字にさん付けだったかな』と」

「そうか」

森司は唸《うな》った。

「言われてみれば引っかかるかもな。明日さっそく、部長に伝えてみよう」

6

聖奈が福永千華を連れ、部長と森司二人きりの部室を再訪したのは、翌週の午後であった。

千華は前回顔を合わせたときに比べ、ずっとおとなしかった。そして聖奈はといえば妙にやつれて見えた。ピーチズ・クリームの頰が心なしか青ざめて、きらめいていた瞳《ひとみ》から精気が失《う》せている。

「眠れないんです」

開口一番、聖奈はそう訴えた。

例の〝指〟はあれ以来、千華のもとにはいっさい現れなくなったらしい。代わりに指の主は、聖奈に取り憑《つ》くことを決めたようだ。

　二日二晩の間悩まされた挙句、聖奈は「やはり陽光のもとでは〝指〟は出てきにくいようだ」と気づいた。

「ひとまずの対処として昼夜逆転生活をはじめたはいいんですが、昼は昼で、眠っても悪夢ばかりで……」

「悪夢って、どんな？」

　部長が尋ねる。

「内容は、よく覚えてません。いつも見知らぬ家にいて、わたしは一人で……。それ以上のことは、なにも」

　聖奈は首を振った。

「毎朝目が覚めるたび、ぐったり疲れているんです。体も脳も全然休まった気がしなくて、それどころか、眠れば眠るほど疲れるみたい」

「そうか、でもなにか思いだしたら教えてね。それで〝指〟のほうはどう？　あれから何度くらい出現した？　なにか変わったことは？」

「ちゃんと感じたと言えるのは、二度ほどです。でも最近は、ほんとうなのか錯覚なのかよくわからなくなってきて……なにもないときでも、足もとがざわざわする感覚が消えないんです。もう、ノイローゼになりそう」

聖奈は苛々《いらいら》と指を何度も組み合わせ、

「それから、これも錯覚かもしれませんが、〝指〟の声がだんだん聞こえてくるようになった……かも」

と言った。部長が片眉《まゆ》を上げる。

「声？　なんて言ってるの」

「はっきりとは聞こえないんです。でもなにか、わたしに頼んでいるみたい。『して』なのか『いて』なのかわかりませんが、そんな感じの語尾なんです。なにかして、とか、そこにいて、みたいな口調の」

森司はぎくりとした。

――……ね。……てね。――……いてね。

千華の部屋で、森司自身も確かにそんな声を聞いた。だが懇願するふうではなかった。うまく形容できないが、もっと当然のことをうながすような、あやすような。

部長が愛用のカップからぬるい紅茶を啜《すす》って、

「その声についても、進展があったら教えてほしいな。ところで福永さん、頼んだものは持ってきてくれた？」

「あ、はい」

千華がうなずき、大ぶりのトートバッグからB４判の白い箱を取りだした。

豪奢《ごうしゃ》な白箱入りのアルバムだ。

カーマインの革表紙に『私立聖マティア付属中学校』の文字が金で箔押《はくお》しされている。いわゆる卒業アルバムというやつであった。

「二人の共通点といえば、いまのところ元同級生というだけらしいからね。クラスメイトの顔ぶれを見れば、あらためて思い出すこともあるかと思って」

「及川さんはこのアルバム、持ってないんだ？」森司が問う。

「はい。わたしは買ってません。県内とはいえかなり遠くに引っ越してしまったから、学校側も連絡の取りようがなかったのかも」

聖奈はものめずらしそうに、ひらかれた三年A組のページを凝視していた。

三十人足らずの級友は約六割が女子生徒だ。聖マティアのトレードマークと言える純白の制服に身を包み、ある者は屈託なく笑い、ある者は恥ずかしそうに微笑んでいる。

福永千華はページの中央付近に写っていた。白い歯を見せた顔は、当然ながらいまより三年ぶん幼い。

「この頃から福永さんは、スピリチュアルな事象が好きだったの？」

部長に水を向けられ、千華は「え、あ」と咄嗟《とっさ》に口ごもった。首をかしげ、「まあ……そうでしたね」とあいまいに答える。

つづけて部長は聖奈を見やった。

「どうかな及川さん、なにか思い出さない？　たとえば当時あった事件だとか、指か手に関する事故や怪我はなかったかとか」

「……わかり、ません」

聖奈は言葉を押し出すようにして言った。

「なにか忘れている気はするんです。なんていうか、ぽっかり頭と胸に空白があるような。でもそれがなんなのか、思いあたらなくて」

聖奈は当然として、千華も当時の級友とは交流が絶えているという。

部長がごくさりげない口調で、

「そういえばうちの部員が言ってたんだけど、華やかなグループの中心メンバーだった千華さんと、自他ともに認める〝変わった子〟な及川さんが下の名前で呼び合うのってちょっと面白いよね。やっぱり福永さんのほうから声をかけたの？　霊的なことに興味があったから、霊感少女の及川さんと親しくなったとか？」

と尋ねた。聖奈がアルバムのページを見つめたまま、熱のない声で答える。

「ええ。千華ちゃんは、誰にでもわけへだてない子でしたから」

しかし森司は気づいた。

聖奈からやや距離をとって立つ福永千華は、ひどく複雑な表情をしていた。すくなくとも聖奈の台詞《せりふ》に同意していないことは確かだ。否定と、奇妙な嫌悪が頬に浮いていた。

この子は先日とずいぶん印象が違うな、と森司は思った。口数がすくなく、態度も落ち着いている。数日前に見せた、場違いなまでの無邪気さが影をひそめてしまっている。

聖奈が額に手をあてて、

「ぼんやり浮かんでくる情景が、あるんですけど……夕方の教室で、女子ばかりで六、七人集まって……そう、わたしはいつもの自動書記ごっこを、してたような。確か、千華ちゃんもいたはずです」

とつぶやきを落とした。

「途中まではいつものように、わたしが動かして……でもあのときは、違った。ペンが勝手に動きだして……手を離しても、まだ動いていました。わたしの肩に、誰かが、手を置いて。痛いくらい、肩を摑《つか》んできて――」

聖奈は顔をあげた。千華をすがるように見る。

「ねえ、あのときほかに誰がいたっけ？　わたしと、千華ちゃんと……わたしの隣に立っていたのは、誰だった？」

しかし千華は、戸惑い顔で無言だった。


「もしもし？　ごめんね小山内くん。訊《き》いてきてくれた？　例のえーと、なんとかくんからの話」

「名前はとくに覚えなくていいですよ。元三年A組の学級委員長です」

ハンズフリーにした携帯電話の向こうで、部長の言葉に歯学部の小山内陣が苦笑する気配がした。

「ああそうそう、その子ね。卒アルを見て八神くんが、きみと同じサークルの子じゃないかって指摘してくれたんだ」

「サークルも学部も一応同じですよ。で、お聞きの件なんですが」

と小山内は声の調子をあらためて、

「該当しそうな逸話が一件ありました。元三年A組で、すでに亡くなった生徒が一人だけいるそうです。『新聞記事を見て葬儀に出席した』と元委員長が言ってましたよ」

「新聞？　じゃあ記事になるような亡くなりかただったんだ」

「事故死でした。友達が運転する軽自動車に同乗中、追突されて電柱に激突したようです。ドライバーは重傷で、助手席の彼は即死。救急車が到着したとき、軽自動車の助手席側は完全につぶれて原形をとどめていなかったそうです」

「……お気の毒に。ところで小山内くん、元委員長くんは、その亡くなった子の手や指についてなにか言及していなかったかな」

「えっ、手、ですか？」

小山内がきょとんと応答する。即座に部長は打ち消した。

「いやなんでもない。ありがとう、じつに有意義な情報で助かったよ。えーと八神くん、いまのうち小山内くんに訊いておきたいことはある？」

「いえ」

森司は首を振った。

例のこよみのボディガードの件で、小山内に対して多少気まずい思いがあった。べつだんやましい真似はしていないのだが、微妙に抜けがけしているような罪悪感が拭《ぬぐ》えない。

部長が礼を言い、通話を切る。

三十秒と経たぬうち、部長のパソコンのアドレスに画像が送られてきた。

先ほど小山内が言っていた、死んだ男子生徒の名前と住所のメモ書きだ。部長がモニタを一同に見せて、

「気が利くことに、お墓のある菩提寺《ぼだいじ》まで書いてあるよ。ちょうど泉水ちゃんと鈴木くんのバイトもそろそろ終わる時刻だし、二人に頼んで帰りに寄ってきてもらおうか」

先に部室へ戻ってきたのは鈴木だった。そして二十分ほど遅れて入ってきた泉水は、仕事帰りの藍と、図書館帰りのこよみを連れていた。

部長の指示どおり、鈴木はくだんの男子生徒の自宅近くへ、泉水は菩提寺へ行ってみたという。だが彼らは口を揃えて、

「違った」

と断言した。

「気配もなにもかも、まるっきり違った。だから言っただろ、生きてる女の仕業だって」

苦い顔をする泉水に、

「だね。ごめん。でも考え得る可能性はひとつずつ潰《つぶ》していかないとでしょ。その過程で新たな着想を得るっていうのが、実証の基本だもん」

と部長はいかにも理系らしい台詞を吐いた。

藍とこよみは聖奈たちを紹介され、さらに部長から一連のいきさつをざっと聞かされた。その間に森司たちは、こよみの淹《い》れたコーヒーに数日ぶりにありつけた。

話を聞き終わり、

「うん、おおよそはわかった」と藍が言う。

「ねえ、だったらなんで男子の元委員長くんに訊くの？　被害者は二人とも女の子で、その生霊の主とやらも十中八九そうなんでしょ？」

「え？　うん、そうみたい」

部長が目をぱちくりさせた。藍が肩をすくめて、

「女子のことは女子に聞かなきゃわかんないわよ。ねえ、福永さんだっけ？　このアルバムから、当時の女子の学級委員長を指さしてくれない？　フェイスブックかなにかやってないか、名前で検索してみるわ」

果たして、藍の目論見《もくろみ》は当たった。

フェイスブックのメッセンジャーから「及川聖奈」と「福永千華」の名でコンタクトをとってみると、あれよあれよという間にスカイプで話せる算段がととのった。

女子の元学級委員長はとくに聖奈の名に反応し、

「え、あなたほんとに及川さん？　しょっちゅう教室で『わたしのもう一人の人格が――』とか唸《うな》ってた、あの及川さん？」

　としつこいほど繰りかえした。

　しかし今日の聖奈は、森司が予想した反応は見せなかった。慣れたのかそれとも開きなおったのか、頬を赤らめもしない。

　部長がうながすとおり、聖奈は元学級委員長に「あの頃、クラスでなにか事件が起こらなかっただろうか」、「手や指に関する事故はなかったか」と質問していった。

　元学級委員長が考えこみながら、

「在学中はべつになかったと思うけど――それよりねえ、あなた、城戸《きど》さんの件て知ってるの？」

　その刹那《せつな》、千華の肩がびくりと跳ねた。

　しかし聖奈は気づかなかったようで、

「城戸さんって？」と無心に問いかえした。

「やだあ、とぼけないでよ。城戸さんよ。城戸萌々子《ももこ》さん」

　元学級委員長が笑い声をたてた。聖奈が真顔で首をかしげる。

「えっと……ごめんなさい。どんな人だったっけ」

「え、ほんとに？　それ本気で言ってる？」

　元学級委員長の声のトーンが跳ねあがる。聖奈の表情が困惑で塗りつぶされた。

「なんで、って……」

「覚えてないの？　ほんとうに？」

信じられない、といったふうに元学級委員長は嘆息して、

「どう考えても、わたしなんかより彼女のほうを覚えてないとおかしいと思うけど……」

「そうなの？」

「そうよぉ。だってあの頃——こんな言いかたは申しわけないけど、あの頃及川さんにちゃんと声をかけてあげてたのって、城戸萌々子さんだけだったもの」

聖奈は絶句した。

だがすかさず、部長が彼女の眼前に質問のカンニングペーパーをかざした。

「ど——んな人でした、っけ。城戸さん、って」

聖奈が尋ねている間に、部長、藍、泉水が無言でメモ帳に次つぎと問いを書きつけていく。

結果、「城戸萌々子」とは三年A組の中心人物であり、クラスの一軍グループの中でもリーダー格と言える存在だったらしいとわかった。

森司は卒業アルバムをめくり、彼女の顔を確認した。

美少女だ。大人びたくっきりした顔立ちに、年齢相応の無垢《むく》な笑顔をたたえている。

肩の下まで垂らしたストレートの黒髪が、純白のセーラー服に映えている。

「城戸さんがいつも気にかけてあげたから、あの頃の及川さんはクラスから完全に浮か

ずに済んでたんじゃない。ほかのみんなだって、城戸さんの手前、無下にできないってとこあったんだから」

元学級委員長はずけずけと言った。

「及川さんが転校していったあと、城戸さんね、いろいろご家族に不幸があって——。ええ、高校一年の秋あたりから、学校に来なくなっちゃったの。たぶんそのまま中退したはずよ。ねえ、あなたほんとに彼女のこと覚えていないの？」

その声音にははっきりと「恩知らず」という非難の響きがあった。

聖奈が、奇妙に抑揚のない声で問う。

「——城戸さんはいま、どうしているんですか？」

「さあ。わからないわ。わたしより、福永さんに訊《き》いてみれば？　彼女は城戸さんの取り巻きの中でも群を抜いて彼女に心酔しきっていたもの。いまでも城戸さんと交流があるとしたら、福永さんくらいしかいないはずよ。さっきのメッセンジャーの内容じゃ、そこに福永さんもいるんでしょう？」

森司は振りかえって千華を見た。

しかしそこには、誰もいなかった。千華はいつの間にか、音もなくその場から退室していた。

7

聖奈は、夢をみていた。

脳の一部分が奇妙に冴《さ》えている。眠りに落ちながらも、これは夢だ、と頭のどこかで知覚している。

彼女は見覚えのない屋敷の前に立っていた。

いつもの家だ、と聖奈は思う。来たことのない家のはずなのに、なぜか当然のようにそう思える。

赤っぽい生垣に囲まれた、二階建ての古びた洋館であった。

門を一歩入る。広い庭があった。しかし薔薇《ばら》や蘭が似合いそうな居住まいとは不似合いに、花も芝生も見あたらない。見わたす限り、湿った黒土が剝《む》きだしになっている。

夕暮れどきだ、と聖奈は思った。

庭の四隅が、夕闇に支配されつつある。茜《あかね》がかった紺に沈んでいく。

ふと、強い視線を感じた。

聖奈は体を強張《こわば》らせた。母だろうか、と思った。

だってこの刺すような目。つねにわたしを監視し、一挙手一投足を咎《とが》めだてする眼。

離れてから三年間余、一度も会っていないけれど、視線にこもったあの悪意は忘れられない。

——悪意。

聖奈は視線のもとに目を凝らした。

見てはいけない、と脳が警告を発している。だが無意識に、視線の主を目が探してしまう。引き寄せられる。拒めない。

女がいた。

庭土になかば埋まっている。手も足も顔も泥だらけだ。濡《ぬ》れた髪が額に、頬に、べったり貼りついている。こちらを見ている。

女は右手で、あらぬ方向をまっすぐ指さしていた。だが視線だけは変わらず、聖奈をとらえている。睨《にら》んでいるわけではない——ただ見ている。なのに、ああ、なぜこんなに彼女の憎悪と悪意を感じるのだろう。

庭から茜が薄れていく。紺が、紫が濃くなっていく。夜になりつつあるのだ。闇が溶けて、滲《にじ》んで、漆黒の夜に染まっていく。

こわい、と聖奈は思った。

怖い。だって夜になると、あれが来る。あっちのほうから、やって来る。すでに聖奈はそれを知っている。

同時に、いいえ違う——と聖奈は悟った。知っているのはわたしじゃない。あの女に悪意を向けられ、受けとめているのもわたしではない。

屋敷の前に立っているのは、わたしではない誰か。わたしの中にいる〝誰か〟だ。よく見知っていたはずの相手。そう、思い出せないけれど、とても大事だと思っていたひと——。

はっと聖奈は覚醒《かくせい》した。

だがベッドの上ではなかった。床でもソファでもなかった。

目の前に白い壁がある。彼女は立って、歩いていた。また室内を眠りながら歩きまわっていたのだ。

聖奈は息を吐き、額を手の甲で拭《ぬぐ》った。髪の生えぎわに粘い汗が浮いていた。

壁に片手を突いて、のろのろとその場にしゃがみこむ。

つい数時間前、大学の部室で交わしたばかりの会話が脳裏によみがえる。

千華ちゃんがおかしい——と聖奈は黒沼部長に訴えたのだ。

「最初に再会したときの彼女と、雰囲気が違うんです。なんだか刺々《とげとげ》しくて、口調もきついし。電話しても出てくれないし、LINEだって既読無視ばかりで」

とくにここ数日の千華はひどかった。やっと電話に出てくれたと思ったら、苛立《いらだ》った口調でまくしたててきた。

「もう中学生じゃないのよ。いい加減にして」

「忘れたいの」

「いつまでも馬鹿なことに関わってられないわ」

なにを言ってるの、そもそもあなたのほうから巻きこんできたんじゃない——そう反《はん》駁《ばく》する前に通話は切れた。携帯電話を手に、聖奈は呆然《ぼうぜん》とするしかなかった。

しかし訴えを聞いた部長は、静かにこう言った。

「そうか。でも及川さん、きみだって最初に部室《うち》を訪れたときとだいぶ違うよ」

彼はこうも言った。前ほど身なりにかまわなくなった。前ほど昔の自分の言動に羞恥《しゅうち》を見せなくなった。目つきが、顔つきが違う。口調も十四、五の少女のようだ、と。

彼は片目をすがめて問うた。

「——きみ、誰？　ほんとうに及川聖奈さん？」

もちろんです、と聖奈は叫びだしそうになった。しかし声は出なかった。喉《のど》の奥で、固く凝《こご》ってしまっていた。

聖奈は床に膝《ひざ》を突き、頭を抱えた。

いやいやをするように首を振る。わたしはわたしだ。望んだとおりのわたしになったはずだった。母の呪縛からはもう抜けだした。なのになぜだろう。またあの頃に、力ずくで引きずり戻されてしまう。

——て。

——てね。

——で、いてね。

頭蓋《ずがい》の中で幻聴がこだまする。まるで耳鳴りだ。虫の羽音のように、わんわんと反響している。不快でたまらない。消し去りたい。

城戸萌々子。卒業アルバムの中の彼女は、美しかった。なんの憂いもなく笑っていた。なぜ彼女を思い出せないんだろう、と聖奈は訝《いぶか》る。記憶に靄《もや》がかかっている。ひどく濃い、乳白色の靄だ。思考をさえぎって、いっこうに晴れてくれない。

びくり、と聖奈の肩が震えた。

――てね。――で、いて。

頭の中で声が繰りかえす。

違う。頭の中からじゃない。いまわたしは、この声を耳で聞いている。そして投げだした爪先《つまさき》から、ざわざわと、なにかが。

――来た。

聖奈は立ちあがろうとした。だが両足は萎《な》えていた。

体に力が入らない。かろうじて、尻《しり》で這《は》った。後方へ逃げようとしたが、無駄だった。またあれだ。あの感覚。指だと言われたが、聖奈には視えない。触覚だけがある。皮膚の上を、じりじりと這い進んでくる。

――で、いて。――いてね。

――やくそく、したじゃない。

約束？　なにを？　床の上を尻で後ずさりながら、聖奈は思った。

しかし声は答えなかった。ただ、ささやきかけてくる。懇願ではない。愁訴でもない。

当たり前のことを、義務を果たせと諭すかのような口調だ。

這いのぼる感覚は腿《もも》にまで達していた。

聖奈は震えていた。悲鳴すらあげられなかった。脳内が「なぜ」で塗りつぶされている。なぜわたしなの。なぜこんなことをするの。なぜ。なぜ。なぜ。

目に見えぬ指がのぼってくる。聖奈は呻《うめ》き、踵《かかと》で床を漕《こ》いで後退した。背が壁にぶつかる。もはや逃げ場はなかった。

身をよじり、くねりながら、指がぞわぞわと体を爬《は》行《こう》していく。不快感に皮膚が粟立《あわだ》つ。聖奈はのけぞり、あえいだ。

「や──」

しわがれた声が洩《も》れた。

「約束って、なに」

なんなの。わたしは覚えていない。あなたが城戸萌々子さんだとしたら、わたしはいったいなにをあなたと誓ったというの。

──いてね。──いて。──たしの、ぶんまで。

指が胸を這い、やがて喉もとに到達した。その刹那《せつな》、聖奈ははじめて〝指〟の声をはっきり耳でとらえた。

──わたしの、ぶんまで。

──不幸でいてね。

世界が弾《はじ》けた。聖奈の喉から悲鳴がほとばしった。

途端に隣室で、慌ただしく人の動く気配があった。壁越しに足音が聞こえる。ドアが勢いよくひらく。

数人の男女が駆けこんできた。リヴィングで待機してもらっていた、オカルト研究会の面々だ。同時にふっと指の気配がかき消えた。

「思いだしました」

先頭の長身の女性にすがりつき、聖奈は叫んだ。

「思いだした――そう、わたし、彼女と約束したんだわ――」

8

城戸萌々子は雪大から車で三十分強の、父方の祖父母の家に身を寄せていた。福永千華に「もうこれっきりだから。以後は二度と連絡しないから」と掛け合って、なんとか聞きだした情報であった。

「……萌々子ちゃんはここ二年、一度も外に出ていないそうです」

聖奈は前のシートにしがみつくようにして言った。

城戸邸にはガレージ車庫があり、来客用に三台のスペースが設けられていた。藍がバック駐車で七人乗りのフリードを駐《と》める。車内には部員全員と、聖奈とがいた。

「『二年間、あの家を訪ねていたのはわたしだけだった』と千華ちゃんが言っていました。『高校を卒業するまではそうするのが当たり前だと思ってた。でもバイトをするようになって世界が広がったら、すこし心境が変わって——そういえばその矢先に〝指〟が出るようになった』って」

「きみは城戸萌々子さんと親しかったの？　クラスの一軍グループの中でも、リーダー格だったという彼女と？」

助手席の部長が、聖奈を振りかえって問う。

聖奈はうなずいた。

「いま思えば、わたしが千華ちゃんに対して言った『誰にでもわけへだてない子』というのは、萌々子ちゃんのことでした。すみません、でも数日前まで、彼女と萌々子ちゃんが記憶の中でごっちゃになっていたんです。……萌々子ちゃんが当時のわたしを気にかけてくれたのも、一応ちゃんと理由があって」

舌で唇を湿し、聖奈は言った。

「聖マティアには女性の牧師さまが常駐していて、授業のほかにカウンセラーのような役割も受け持っているんです。萌々子ちゃんとは牧師室で鉢合わせすることが多くて、なんとなく話すようになって……。そこでお互い、実の母親との関係に悩んでいるって知ったんです」

意外でした、と聖奈は低く付けくわえて、

「下の名前で呼び合うようになったのも、彼女がそう呼ぶよう言ってくれたからです。千華ちゃんのこともそう。でも千華ちゃんはあの頃、わたしをかたくなに『及川さん』と呼んでいました。彼女は萌々子ちゃんに心酔しきっていたから、わたしが二人の仲に割りこんだようで、面白くなかったんじゃないでしょうか」

「城戸さんのお母さんも、きみと同じく支配型の母親だったの？」

部長が問う。

「いえ、なんていうか……期待型？　娘に『あなたならもっと上が狙えるわ。あなたの実力はそんなものじゃないでしょう』と、絶えず発破をかけてくるタイプだったみたいです。『何度も、母のプレッシャーに押しつぶされそうになった』と萌々子ちゃんが言ってました。娘二人とも美人で頭脳明晰《めいせき》で、明るい人気者だったのに、それでも『もっともっと』と上を目指させられたようです」

「娘二人？　じゃあ城戸さんにはお姉さんか妹さんがいるんだ」

「歳の離れたお姉さんがいました。彼女の母親はお姉さんの恋人が気に入らないそうで、それも萌々子ちゃんの悩みの種でした。『姉の彼氏はとてもいい人で、二人は愛し合っているのに、母が〝家柄が年収が〟とごねて結婚を認めてくれない』って」

ため息をついて、聖奈はシートベルトをはずした。

「前世だのソウルメイトだのに興味を持っていたのも、ほんとうは萌々子ちゃんのほうです。彼女が霊感少女気取りのわたしを気に入ったのか、彼女に好かれたいがためにわたしが演技をはじめたのか——いまとなっては思いだせません。でも萌々子ちゃんの気を惹《ひ》きたくて、当時のわたしの言動がエスカレートしていったのは確かです」

話しながら、部員たちにつづいて彼女も車をおりた。

ガレージを出て城戸邸の玄関へ向かう。

萌々子の祖父母は上品で、いかにも裕福そうな老夫婦だった。しかし表情に心労が浮いていた。

彼らは疑いもせず「孫娘の友達が来てくれた」と、一同を歓待し中へ通した。

萌々子の部屋は、離れの二階であった。

長い廊下を歩きながら、聖奈はぶつぶつと話しつづけた。自分でも止められないようだった。堰《せき》を切ったように、言葉が流れ落ちていた。

「あの頃のわたしにとって、萌々子ちゃんはすべてでした。唯一絶対の存在だった。彼女がいるから、クラスのみんなもわたしを視界に入れざるを得なかった。彼女が輪に入れてくれるから、透明人間にならずにいられた。だからわたし、彼女に好かれたくて、彼女の役に立ちたくて——約束、したんです」

聖奈は言った。

「わたしはこう言いました。『人生において、幸福と不幸の総量はあらかじめ決まっているの。でも萌々子ちゃんに、もし不幸のサイクルが訪れても大丈夫。わたしが不幸を全部引き受けてあげるから』——って」

その言葉に、萌々子はこう応じたそうだ。

「駄目よ。そうしたら聖奈ちゃんはずっと不幸じゃない」

しかし聖奈は「わたしは特別な力があるから平気よ」と切り返した。

そこで千華が「あたしも！」慌てたように割りこんできた。「あたしも引き受けてあげる！　萌々子ちゃんに不幸なんか似合わないもん！」と、あきらかに聖奈に張り合う口調で。

「——その半年後です。うちの両親が離婚したのは」

うつろな声で聖奈は告げた。

「わたしは父とともに引っ越し、聖マティアを離れた。だから、知らなかったんです。転校した直後に萌々子ちゃんのお姉さんが妊娠したなんて。大きくなるお腹を前に、彼女の母親が結婚を許さざるを得ず、悩みの一つが解決していたなんて」

「城戸萌々子さんはそれを、きみのおかげだと思ったわけか」

黒沼部長が相槌《あいづち》を打った。

「きみが約束どおり、不幸を持っていってくれたんだと解釈したんだね、彼女は」

「だと、思います——。でも」

聖奈は言葉を切った。

眼前に扉があった。

固く閉ざされた扉だ。床に、汚れた食器が積み重ねられていた。おそらくは祖父母が朝夕に運んでやっている食事の残骸《ざんがい》だろう。扉の中に棲《す》まう者の心の荒れ具合が、皿にこびりついた残滓《ざんし》から読みとれる気がした。

聖奈は扉に右の掌をあてた。

なにかを言いかけ、やめる。唇をひらきかけては、また閉じる。扉の向こうになんと言葉をかけていいか、考えあぐねていた。

やがて息を吸いこみ、彼女はささやくように言った。

「――萌々子、ちゃん」

びりっ、と空気が震えるのを森司は感じた。

鈴木が顔をしかめ、後ずさる。意図せず泉水のそばへ身を寄せる。

これは強いな――、と森司は思った。

おそらく素地は以前からあったのだろう。元来から萌々子は、精神力の強靭《きょうじん》な少女であったはずだ。そうしてそこへ、「家族の不幸」による衝撃と心理的外傷がもたらされた。

萌々子は世界を恨み、呪ったに違いない。

引きこもることによって、孤独がさらに拍車をかけた。

生霊やポルターガイストには、森司も何度か遭遇したことがある。原因となる彼らは、一様に孤独だった。まれに人に囲まれた賑《にぎ》やかな環境にある者もいたが、それでも精神的に孤独だった。

孤独はマイナスの思考をさらに増幅させる。人を鬱屈《うっくつ》させる。内部に力を溜《た》め、刃物のように尖《とが》らせていく。この部屋の中で城戸萌々子の意識がどれだけ肥大し、かつ研ぎすまされていったかは、想像に難くなかった。

聖奈が再度、呼びかける。

「萌々子ちゃん。あの、わたし――及川聖奈、です。おぼえて――」

覚えてる？　と問う前に、聖奈が悲鳴をあげた。

視えない力に打たれたかのように、一瞬体が浮き、その場でたたらを踏む。まるで突然扉がひらき、彼女にぶつかって跳ね飛ばしたかに見えた。だが扉はもちろん、一ミリたりとも動いてはいなかった。

よろめく聖奈に、反射的に森司は手を伸ばした。

肩を摑《つか》む。受けとめる。

その刹那《せつな》、電流のようにある光景が脳裏を走った。

見覚えがあった。萌々子を介した映像だとはわかっていた。だが萌々子だけでなく、確かに彼自身も過去に目にした情景だった。

「泉水、さん――」

森司はあえいだ。左手を彼に伸ばす。

触れた彼が、同じくはっとするのがわかった。同時に森司も悟った。泉水が千華の家で、なにを言いかけようとして黙ったのか。

なぜって彼らだけが知っている。彼と同じく、自分もこれを見た。この風景を――いや、この家を。

洋館ふうな洒落《しゃれ》た外観の借家だ。蔦《つた》模様をモチーフとした、金属製のガーデンフェンス。剪定《せんてい》されたレッドロビンが茂っている。家族四、五人で住むのが似合いの、広い敷地を誇る邸宅。

「きみ――」

森司は聖奈の代わりに、扉の前へ立った。

「きみは、いたのか。あの……」

声が震えた。

「あの――家に」

衝撃が全身を襲った。先刻の聖奈と同じく、森司は跳ね飛ばされそうになった。しかし、なんとか踏みとどまった。

思考が雪崩れこんでくる。萌々子の思考だ。そして彼女の記憶だ。

混乱し、不鮮明だった。流れが速い。まるで嵐のあとの濁流だった。

押し流されかけながら、片手を泉水に預けて半分がた〝渡す〟ことで、森司は耐えた。歯を食いしばる。目をきつく閉じ、憤怒と悔恨で濁った思考をかろうじて受けとめる。

――やっぱりだ。あの家だ。

ごく短期間、運送屋で引っ越し作業のアルバイトをしたときに出会った家だ。

男がいた。一見、普通に見えた。だがその手は古根生姜《しょうが》のように変形していた。ほとんどの指が失われていたのだ。自分で鑿《のみ》で断ち切ったのだと、男は笑っていた。

――あのね、この家、もう誰にも住まわせちゃだめですよ。

――だって、夜になると、あっちのほうからね、来るんです。

同じ家だ。

次いで、萌々子の記憶が表層に浮かびあがってくる。

あの家に、何代目かに住んでいたのは、住んだのは――そう、萌々子の姉夫婦だった。

両家の親から結婚の許しを得てすぐ、彼らは新居を探した。そして萌々子の姉が、不動産屋に紹介された例の借家を一目で気に入った。

「アパートとそう変わらない家賃で住めるのよ。調べた限り、瑕疵《かし》物件でもないの。すごいお得だと思わない？」

だが入居してわずか七箇月後、彼女自身の身をもって、その家は何年ぶりかの瑕疵《か》物件となった。

姉がおかしい――。そう萌々子が気づいたのは、姉夫婦が洋館に引っ越して三箇月目の夕刻であった。

「たくさんいただいたから、お姉ちゃんにも持っていってあげて」

と母に託された桜桃の箱を持って、萌々子は洋館を訪れた。

門をくぐり、敷地に入ってすぐ彼女は異変を嗅《か》ぎとった。

庭のあちこちに、掘りかえされた跡があった。シャベルで掘ったらしい深い穴が穿《うが》たれ、黒土が小山を成していた。

まるで墓穴だ。

瞬間的にそう連想し、萌々子はかぶりを振った。己の思考を恥じながら、

「お姉ちゃん？　ちょっと、なにこれ。花か木でも植える気？　でもそんなの、妊娠中にやることじゃ——お姉ちゃん？」

と歩きだそうとした。

ぞくり、と背筋が寒くなった。

視線を感じた。突き刺さるような視線だ。萌々子は、ゆっくり振りかえった。

首だけの姉が、こちらを見ていた。

瞬きもせず凝視している。みずからが掘った穴にうずくまり、首だけを出して萌々子を見ているのだと気づくまでに、数秒かかった。無様にわななく足を叱咤《しった》し、彼女は姉に駆け寄った。

「な——なにをしてるのよ、お姉ちゃん」

「なにって」

妹の顔をじろじろ眺めまわしながら、姉は言った。

「なにって、だって、隠れないと」

「はあ？　誰からよ」

萌々子は姉の腕を掴み、穴から引きあげようとした。

「誰から隠れるっていうの。やめてよ、変なこと言わないで」

しかし姉は、彼女の手を跳ねのけた。

「お姉ちゃん？」

「隠れなきゃ」

姉が呆《ほう》けた声で繰りかえす。

萌々子はふたたび肌が粟立《あわだ》つのを感じた。しかし顔には出さず、わざと大仰に肩をすくめてみせた。

「もう。さっきからなんなの。隠れなきゃいけない相手なんていないわ。ここには誰も、なにも——」

「ああ」

姉が顔を近づけてきた。

鼻と鼻が触れそうな距離だった。

萌々子は息を呑《の》んだ。ひどく間近で、姉が薄く笑う。

「ああ、あんた——あたま、おかしいの」

薄笑いながら、姉は頭の横で指をまわす仕草をしてみせた。

萌々子は愕然《がくぜん》とした。

目の前にいる女は、彼女が知っている姉ではなかった。目つきも、表情も、言葉遣いさえも、十数年慣れ親しんできた姉のものではなかった。別人だった。

そのときその場をどう離れたのか、萌々子は覚えていない。

気が付くと実家の近くで、息を切らして壁に片手でもたれていた。桜桃の箱は置いてきたのか、それとも途中で落としたのか、すでに手にしていなかった。

以後、なにかと理由をつけて萌々子は洋館へ近づくのを拒んだ。母からは「いまお姉ちゃんはマタニティブルーみたいだ」とだけ聞かされた。

やがて月満ちて、姉は赤ん坊を産んだ。

女児だった。生まれつき、その両手には合わせて三指しかなかった。

出産のわずか四箇月後、姉は死んだ。

みずからが掘ったらしい庭の穴の中で、彼女は発見された。窒息死だった。喉《のど》の奥には実娘から食いちぎったらしい指が、三本とも詰まっていた。

だが赤ん坊の死体は邸内のどこからも発見されなかった。いまもって、見つからぬままだ。

妻の死体を見た義兄は錯乱状態に陥った。ただちに入院措置が取られた。彼は妻子の葬儀にも出られなかった。そしてようやく退院した半月後、彼は「なにか来る、来る」と言いながら自分の手の肉をナイフで削ぎ落している姿を発見され、ふたたび入院病棟で拘束衣を着せられた。

萌々子の両親は己を責めた。「やはり結婚を許すんじゃなかった」と悔い、嘆いた。

とくに母は、重度の不眠と鬱《うつ》に陥った。

義兄両親も同じだった。両家は病み、家族としての機能を失い、ドミノ倒しのごとく一家離散へ向かっていった。

両親の離婚後、萌々子は祖父母に引き取られた。しかし登校できず、高一の秋に高校を中退した。

萌々子は離れの部屋に一人、閉じこもるようになった。

訪ねてくるのはかつての取り巻きであった福永千華のみだった。

いつしか萌々子は、自分が千華の目を通してものを見、千華の耳を通して外界の音を聞けると気づいた。

引きこもり、肉体が衰えるほどになぜか精神の力は増していった。気づけば萌々子は、千華の意識をなかば以上支配していた。

萌々子は社会から隔絶され、精神的成長を止めた。むしろ退化していると言ってよかった。だから千華も同じく心の成長を止めた。

幼稚で奇妙にちぐはぐな千華から、周囲の人びとは遠ざかった。彼女は萌々子のもとへ通いつめるしかなかった。週に最低二度は通いながらも、千華は帰宅すると同時に萌々子の存在を忘れた。自分がどこでなにをしていたのか、疑問に思うことすらなかった。

しかし高校を卒業した千華に転機が訪れた。

彼女は就職も進学もせず、フリーターの道を選んだ。酒も出すビストロでのアルバイトだ。

たった週二回のシフトではあったが、労働は彼女の世界を広げるには充分だった。

萌々子の支配が、徐々にだが解けつつあった。

――冗談じゃない。いまさらわたしから離れようなんて、許さない。

――逃がさない。

執着が〝指〟の生霊を生んだ。そうして暗い部屋で意識を膨れあがらせた萌々子は、千華を通して及川聖奈と再会した。

――そうか。いまの不幸は聖奈ちゃんがいなくなったせいだ。

彼女の中で、その言葉はすとんと腑《ふ》に落ちた。

――聖奈ちゃんが遠くへ行ってわたしを守る力が消えたからだ。思いだした。確かにあのとき、千華も「あたしも不幸を引き受けてあげる！」と叫んだ。でも千華では駄目だ。足りないのだ。やはり、そう、力のある聖奈でなければ――。

――聖奈ちゃん。

聖奈ははっとしてこめかみを押さえた。頭蓋《ずがい》の中で、声がする。

萌々子ちゃんの声だ、と聖奈は確信した。すこしも変わらない。あのときのままの城戸萌々子だ。

——幸福だったのね、聖奈ちゃん。見ればわかるわ。

——人生において、幸福と不幸の総量はあらかじめ決まってる。あなたが幸福だから、わたしはそのぶん、こんなに不幸になったのね。

声がささやいてくる。

あの日のこと、覚えてる？　脳裏に情景がよみがえる。

夕暮れの教室。射しこむ蜜柑《みかん》いろの西陽。やや日焼けしたカーテンが風をはらんで膨らむ。六人の女子生徒が、聖奈の机を取り囲んで立つ。讃美歌《さんびか》が少女たちの唇から流れだす。

覚えている、と聖奈は思った。肩に食いこんだ指。意思に反して、勝手に動きだしたペン先。

——二人でやったのよね。あなたとわたしで。

——わたしたち、二人でひとつなのよ。一緒じゃないとだめなのよ。

違う、と聖奈は胸中で反駁《はんばく》した。違う、あれは萌々子ちゃん、あなたがやったことよ。わたしにはなにもできない。そんな力なんか持っていない。

——大好きよ、聖奈ちゃん。

——わたしのそばで、ずっと。

聖奈がくぐもった悲鳴をあげた。

——不幸でいてね。

顔の高さまで上げた聖奈の右手から、みしり、と音が鳴るのを森司は聞いた。

中指が、ゆっくりと反っていく。ほかの四指を無視し、あり得ない角度で曲がっていく。骨が、関節が、みしみしと軋《きし》む。

聖奈の悲鳴がかすれた。

「は――話しかけて!」咄嗟《とっさ》に森司は叫んだ。

「及川さん、彼女に声をかけて! か、彼女は、城戸さんは――あの家に住んでたわけじゃない。だからたぶん、言葉は通じる。だから、なんでもいいから、声をかけてやってくれ!」

確証はなかった。

だが、萌々子を孤独のままにしておいてはいけない。それだけはわかっていた。

千華を失ったいま、萌々子には聖奈しかいない。聖奈に接触を試みさせるほか、手だてはなかった。

「……ご――」

聖奈が閉ざされた扉にすがり、呻《うめ》いた。

「ごめんね、萌々子ちゃん――」

しわがれた小声だ。だが萌々子には聞こえているはずだった。

「う、嘘ついてごめんね」

すすり泣くように聖奈は言った。

「霊感があるなんて、嘘。不幸を引き受けてあげる力があるなんて嘘。ごめんなさい。でも──」

鈍い音がした。同時に聖奈が叫び、体を跳ねあげた。

中指が折れたらしい。聖奈は唸《うな》り声を洩《も》らし、額を扉に押し当てた。首すじに脂汗が滲《にじ》んでいた。

「でも、違うの。──わたし、本気だった」

痛みに歯を食いしばりながら、扉の向こうへ聖奈はささやいた。その手の薬指が、緩慢に反っていく。中指と同じく、じわじわと逆方向へ曲がっていく。

聖奈は叫んだ。

「本気で、心の底から〝萌々子ちゃんがもし不幸になったら、あたしが全部引き受けてあげる〟って思ってた。その気持ちだけは嘘じゃなかった。結果的に、嘘になっちゃったけど──」

数秒の間、絶句する。

扉へ身をもたれ、まぶたを閉じる。

「──わたし、心からあなたが好きだった。あなたの気を惹《ひ》きたかった。好きになってもらいたかった」

なかば独り言のように、聖奈は言った。

「あなたのためなら、なんでもしたかった」

限界まで反りかえっていた聖奈の薬指が、だらりと垂れ下がるのを森司は認めた。

だが折れたのではなかった。〝力〟が緩まっていた。彼女が、聖奈を離しつつある。

「ごめんね。ごめんなさい――」

聖奈は泣きだした。

身をよじり、子供のようにしゃくりあげた。

「……萌々子ちゃん」

扉にしがみつき、聖奈が呻いた。

「聞こえてる？　……わたしも、好き。いまでも、あなたが大好き」

応《こた》える声はなかった。ただ静寂だけがあった。

ふたたび〝指〟が襲ってくることも、聖奈の不幸を希《こいねが》う声が響くこともなかった。

背後から歩み寄った黒沼部長が、静かに彼女の肩へ手を置いた。

9

「あ、おいしいじゃない」

アルミホイルに包まれたおむすびを一口食べて、藍が声をあげた。

「お焦げの部分があるのがなんとも。うん、芯《しん》もないし、よく炊けてる」

梅雨空のもと、オカ研の部室に全員が揃っている。

百均で買ったランチボックスに詰めこまれているのは、森司が差し入れしたおむすびであった。「そんなにしょっちゅう作ってるなら、一度ぼくらにもご相伴させてよ」と部長に声をかけられたのだ。

「具が粗末ですみません」

恐縮して森司は頭を下げた。ちなみに本日の具はツナマヨとゆかりふりかけ、実家からもらってきた紫蘇《しそ》の実漬けである。

「アパートの先輩たちに具材のアンケートを取ってみたんですが、参考にならなくて」

「あたし昆布かなー。山椒《さんしょう》を利かせて佃煮《つくだに》にしたやつ」と藍。

「ぼく筋子が好き」と部長が応じる。

「働いたあとは塩気のきついもんが欲しいんだよな。おれも筋子か明太子」と泉水。

「これからの季節なら、叩《たた》いた梅と大葉に胡麻《ごま》をふるのもいいですよね」

と言うこよみの横で、鈴木が恥じ入るようにつぶやいた。

「おれは鮭かな……。つまらん答えですんません。」

「いや別に受けは狙ってないから。気にするな」と森司が彼の肩に手を置く。

「そういえば及川聖奈さん、明日部室に寄るって言ってたよ」

部長が愛用のマグカップから緑茶を啜《すす》って言った。

「あれから〝指〟は出現していないってさ。城戸萌々子さんのもとへは、毎日のように通ってるらしい。まだ城戸さんが部屋を出るには至ってないけど、ドア越しに会話をしてくれるようになったそうだよ」

「それはよかった」

森司はほっとしてうなずき、「それで、あの――例の家のほうは」と小声で尋ねた。

「忘れろ」

泉水が言下に切り捨てる。

「いや、いったん忘れろ、か――。いま気にしたところで、あれはどうにもならん。知ってのとおり、おれたちにどうこうできる規模のもんじゃないしな。口コミで『近寄るな』と広めたところで、かえって馬鹿が興味を持つだけだ。新たな被害がない限り、触れずに放っておくしかない」

「はあ」

森司は首を垂れた。鈴木が首をひねって、

「おれが事故物件についてようけ調べとったときも、その洋館とやらはほとんど話題にのぼりませんでしたよ。どういうことなんですかね」

「ま、そこも含めて触れるべき地所じゃないいんだろうさ」

おむすびを飲みこんで、部長が言った。

「ところでお焦げの御飯って懐かしいねえ。ここ十年くらい、そういえば炊飯器で炊いた御飯しか食べてないな。もしくはコンビニで買ったやつか」

「ね。あたしも土鍋《どなべ》で炊くの、チャレンジしてみようかな。こうやっておむすびにしておけば、兄貴や弟たちが勝手に食べるだろうし。うーん、男子受けがいいおむすびって、やっぱり炒飯とか肉巻きとかのがっつり系かしら」と藍。

「天むすとか？」

こよみが首をかしげ、部長が手を振った。

「あー、ぼくあれ胸焼けして駄目。一口目はおいしいんだけど」

「そして残りをおれが食ぅ羽目になるんだよな」と泉水がため息をつく。

「イレギュラーだけど赤飯おむすびも美味《おい》しいわよねー」

「おはぎも、広義ではおむすびに入るんでしょうか」

わいわいと盛りあがる部員たちから、鈴木がやや離れるように立っているのに森司は気づいた。目を細めて部長や藍たちを眺めている。

森司は彼に顔を寄せ、小声で尋ねた。

「どうした、鈴木？」

「あ……、いやあ、なんというか」

鈴木が頭を掻《か》き、苦笑した。

「不思議な気ぃしたんですわ。自分が笑顔の輪の中にいて、なんてことあれへん雑談して、名前を呼んでもらって、って——。そんなん自分の人生には無縁や、と思うて生きてきましたから、ちょっと」

ちょっと胸に来たというか——と湿った声でつぶやく彼に、

「そ、そんなこと言うなよ」

と森司は眉《まゆ》を下げた。

「そんなこと言うな。名前なんて、おまえが呼んでほしいだけ……っていうか、今後何百回でも呼ぶんだからさ。いや、卒業したって付き合いは切れないから、百回程度じゃ済まないか」

なんの気なしに発した台詞《せりふ》だった。しかし鈴木ははっきりと息を呑《の》んだ。まじまじと、真顔で森司を見つめてくる。

そのリアクションに、森司は慌てて「あ、ごめん」と身を引いた。

「おれ、なんか変なこと言っちゃったか？　あ、さっきのはもちろん鈴木がいやでなかったらの話な。もしかして呼び捨てが駄目だったか？　それなら今後は、くん付けに変更してもいいし」

「いや、違いますって」

鈴木が苦笑し、額を押さえてうつむいた。

「八神さんって、ほんまに――」

「は？」

「なんでもありません。けど、灘さんの気持ちがちょっとわかりますわ。……八神さんはべつに、そんなつもりないんでしょうけどね。まいりますね」

意味がわからん、と首をかしげる森司に、鈴木が咳《せ》きこみながら笑った。

窓の外では雨が激しくなりつつあった。部室棟の屋根を叩く音が、打楽器のごとく鳴り響く。紫陽花《あじさい》が中庭で、ようやく色づきはじめていた。

第三話　罪のひとしずく

1

「――あのう、ここのこと、コガさんに聞いて来たんすけど」

細く開けた引き戸から、顔を覗《のぞ》かせてそう言ったのは、制服姿の見知らぬ少年であった。

森司はまじまじと少年を見つめた。

中学生だろうか。成長を見こんで大きめを買ったらしく、ブレザーの制服がだぶついている。いまひとつ似合っていない紺のネクタイが、七五三のようでなんとも可愛らしい。

「あー、ごめん、コガさんて誰？」

森司は立ちあがり、少年に歩み寄った。彼の目線に合わすべく、無意識に身をかがめる。

「申しわけないけど、うちにはコガさんて部員はいな――」

「あ、古賀《こが》くん来たの？　入ってもらってよ」

とさえぎったのは黒沼部長だ。

しかし森司が脇へ避《よ》け、少年が視界に入ると、彼もまた目をぱちくりさせた。

「えーと、きみ……工学部四年の古賀真軌《まさき》くん、じゃないよね？」

「違うっす」

少年はむっとしたように口を尖《とが》らせた。

「違うけど――、古賀さんがここの名前、出したんすよ。この部だったら変な話とかでも聞いてくれるっていうんで、それで」

「ああなるほど」

黒沼部長が微笑んだ。

「いいよいいよ、どうぞ入って」

部長に手まねかれ、少年はびしょ濡《ぬ》れの傘をたたむと、仏頂面のまま部室に踏み入ってきた。身長は百六十センチあるかないかだろう。色素の薄い髪が、歩くたびふわふわ揺れる。

うながされ、少年は部長の正面のパイプ椅子に座った。

土曜午前のオカ研部室にいるのは部長と森司、そして藍の三人だった。泉水と鈴木は例によってバイトで、こよみはレポートの手直しのため図書館に詰めている。

森司が差しだした紅茶を胡散《うさん》くさそうに少年は一瞥《いちべつ》し、

「名乗ったほうがいいんすか？」

と、背もたれにそっくり返って言った。部長が苦笑する。

「そうだね。名前がわからないと呼びようがない」

「じゃあえーと、扶桑中《ふそうちゅう》二年の野平透哉《のひらとうや》っす。どうも」

生意気な口調でそう言い放ち、少年はかるく頭を下げた。

不遜《ふそん》な態度と言えば言えるが、小柄な体軀《たいく》と女の子のような可愛らしい顔立ちで、まるで迫力がない。弟のいる藍が、微笑ましくも懐かしそうに目を細めている。

「よかったらお菓子があるよ。ちょうどプティフールの詰め合わせをもらったとこなんだ。どれがいい？　ジャムのタルトとアーモンドクリームと……」

「いりません。甘いもんとか、嫌いなんで」

ぴしゃりと透哉は言った。

あらためて見れば、紅茶にもミルクや砂糖を入れずにストレートで飲んでいる。だが視線は正直で、部長が差し出したプティフールの箱を名残り惜しそうに一巡していた。

つい笑ってしまわないよう、森司は頰の内側を嚙《か》んだ。もしここで噴きだしたら、繊細な中学生のプライドを傷つけてしまうだろう。

部長もそこは心得ているらしく、あっさりと菓子箱を引いて、

「それなら前置きなしで、本題に入るとしようか。古賀くんからはメールでざっと事情を知らされてはいるんだけど、きみの用事も彼と同じってことでいいのかな？」

「あ、はい。たぶん」

透哉が唇を舐《な》めた。

「でもきみの口からも一応聞かせてもらいたいんだ。それは大丈夫かな」

「え……、はい」

急に緊張してきたのか、少年は頬を硬くしていた。

「えっとですね」

目つきが変わっていた。

「俺が通ってる中学、つまり扶桑中っすけど、その近くに、ボロっちい空き倉庫があるんす。そこが、なんていうか、馬鹿みたいな話ですけど――」

彼は言葉を切って、眼前の大学生たちを上目づかいにうかがった。誰も笑っていないのを認めると、ため息まじりに一気に言う。

「――幽霊が出るって噂が、昔からあって」

「うん」

組んだ指に顎《あご》をのせて部長がうなずいた。

「そんなに構えなくていいよ。ぼくら看板のとおり『オカルト研究会』だからね。幽霊や超常現象のたぐいを笑いとばすことは絶対ないから、気楽にしゃべって」

「あー、はい」

透哉はいま一度ため息をついて、

「じつはその空き倉庫で、おれのクラスメイトが一人、行方不明になっちゃったんです」

と告げた。

「知ってる」と応じたのは藍だ。

「扶桑中二年の二階堂健斗《にかいどうけんと》くんよね。自宅《うち》のポストにも『探してください』のチラシが入ってたし、ニュースで何度も観たわ。失踪《しっそう》してから今日で三日目だっけ？」

「はい。いなくなったの、一昨日《おととい》の夜っす」

透哉は殊勝に答えた。

森司が部長に向かって、

「昨日の午後あたりから騒ぎになりはじめましたよね。おれもローカルニュースやらネットニュースで見ました。捜査員が藪《やぶ》を長い棒でつつきまわしたり、田んぼや枯れ井戸を探しまわってる映像が繰りかえし――」

「田んぼなんかにいないっすよ。ほんと馬鹿だあいつら」

きつい声で透哉がさえぎる。だがすぐに、はっとしたように口をつぐんだ。

部長が首をかしげ、無言で彼につづきをうながす。

やがて渋々といった語調で、

「……じつはおれ……」

と透哉は言った。

「おれ、健斗がいなくなったとき……その場にいたんす。つまりその、例の空き倉庫。あそこに、おれと仲間たちと、健斗とで行って、それで」

「二階堂くんときみは、仲がいいの？」

部長が問う。透哉は首を振った。

「たいしてよくないっす。はっきり言っちゃうけど、健斗っていじられキャラっていうか、なにしても怒んないから、なめられてるんです。二年になってクラスが変わって、いじりがちょっとエスカレートしてんな、とは思ってたんすけど、まさかあんなことになるなんて……」

「なにがあったの」

部長がやさしく問いただした。

透哉はいったん顔をあげて、また伏せた。そして観念したように言った。

「仲間のみんなで、健斗を空き倉庫に、一晩閉じこめたんです。外から南京錠かけて、出らんないようにして――でも朝んなって、鍵《かぎ》開けて中に入ったら、あいつどこにもいなくて、それっきり、行方不明になっちゃって」

「ああ」

思わず森司は嘆息した。

どこぞの馬鹿な大学生が事故現場から供物を持ち去れと後輩に命じたかと思えば、今度は悪ふざけ好きな中学生が同級生を一晩倉庫に閉じこめる。

幼いぶんだけ後者に情状酌量の余地はあるかもしれないが、愚かな行為には変わりない。

部長が紅茶に砂糖を入れてかきまわしながら、静かに言う。

「扶桑中近くの空き倉庫ね。県内じゃ有名な心霊スポットの一つだから、ぼくも知ってるよ。十年ほど前に相次いでいじめによる自殺現場となったことから、彼らの幽霊が出ると噂されるようになった場所だ」

「あたしも知ってる。自殺したうちの一人が、同中《おなちゅう》の二学年上だったの」

藍が抑揚なく応じた。

「確か名前は大場《おおば》さん。大場芽衣《めい》さん、だったと思う。もともとは県内の別の中学に通っていたんだけど、いじめに遭って転校してきたの。でも結局こっちにも馴染《なじ》めなくて、登校拒否を繰り返したのちに倉庫で首を――という話だったはず」

「それで合ってるよ。もう一件の自殺は大場さんから二年後。こちらは扶桑中の生徒だったから透哉くんの先輩に当たるね。非常にたちのよくない凄惨《せいさん》ないじめを受けていたが、彼の場合は親が転校を許さず、そのまま自殺へ追い込まれたんだ」

「やりきれないわね」

藍がまぶたを伏せた。

透哉は青い顔で二人の会話を聞いていた。いまさらながら自分がやらかした行為の重みがわかったのかもしれない、と森司は思った。おそらくいままで、過去二件の自殺についてもろくな情報を持っていなかったのだろう。

「それで透哉くんの頼みは、二階堂くん探しに協力してほしいってことなのかな?」

部長が問う。

透哉はあいまいにうなずいて、

「だって警察も親も必死で探してるわりに、やってること、見当違いなんすもん。あいつら、健斗がなんとかして倉庫から抜け出したとか、変質者が倉庫に押し入ったと思ってる。でもそんなわけないんす」

と言った。

「倉庫は完全な密室でした。南京錠はかかったままだったし、窓もないし、出られるわけないんだ。そっからして全然わかってないんす」

「なるほど。仮定の段階からして誤っている解答法が、正解にたどりつけるわけないもんね。きみは正しいよ。それに賢い」

部長が微笑んだ。

しかし馬鹿にされたと思ったのか、透哉はむっと膨れた。

「誤解しないでください。べつに霊とか信じてるわけじゃないっすよ。でもそこんとこの要素抜いたら、なんていうか、話が成り立たないかなって。だからおれ――」

透哉がそこまで言いかけたとき、

「すみません！」

という声とともに、引き戸が勢いよく開いた。

戸口に立っていたのは白衣をまとった長身の男だった。黒いフレームの眼鏡をかけ、鼻下と顎に髭《ひげ》を生やしている。そのせいか、二十代前半だろうに妙に老成して映る。

途端に透哉が椅子から飛びあがった。

「やべ、古賀さんだ」

とつぶやくやいなや、窓に向かって走る。

咄嗟《とっさ》に動けない森司たちを後目《しりめ》に、透哉は窓を開けはなして身軽にサッシを飛び越えた。止める間もなく、脱兎の勢いで駆けだす。

「透哉！」

白衣の男が早足で部室を横切り、窓から身を乗りだして怒鳴った。

だが透哉は止まらなかった。降る雨をものともせず、泥を蹴《け》立《た》てて前のめりに走る。小柄な背中がみるみる遠ざかっていく。

男は舌打ちしてから、視線を感じてか、室内を振りかえった。

一瞬で顔いろが変わる。ようやく森司たちの存在が認識できたらしい。彼はあたふたと窓を閉め、ぎこちなく頭を下げた。

「すみません。か、勝手に入ってしまって――。あのおれ、矢田《やだ》先生の紹介で、工学部四年の」

「うん、きみが工学部の古賀真軌くんだね」

と部長はうなずいて、

「さっき、野平くんが『古賀さんの紹介で』って言いながら入ってきたとこだよ。彼は親戚《しんせき》の子かなにか？」

「いやあ、その──」

古賀は顎髭《あごひげ》を掻《か》いて、「……義理の弟なんです」と言った。

「おれの母親と透哉の父親が、両方連れ子ありで八年前に再婚しまして。おれは義父の養子になっていないので別姓ですが、弟であることは確かです。ちいさい頃は『兄ちゃん兄ちゃん』となついてくれたのに、最近めっきり反抗期で……」

せつなそうに嘆息する。

「透哉のやつ、なにか話していきましたか。なんて言ってました？」

「失踪したクラスメイトについて、すこしだけね。倉庫に彼を閉じこめたとき、どうやら透哉くんもその場にいたらしいね。罪悪感を覚えてるけど、強がりたい年頃のせいか、そうとは認めたくないようだったな」

部長が答える。古賀は額に手をやって、

「それだけですか。あの、血のことについては、なにか言ってませんでしたか」

「血？」

藍が問いかえした。

古賀が眉《まゆ》を曇らせる。

「おれが相談しようと思っていたことは、それなんです。二階堂くんが失踪《しっそう》したその夜に、透哉のやつが久しぶりにおれの部屋へ飛びこんできたと思ったら、『あいつが来た』、『さっきまで部屋にいたんだ。でも煙みたいに消えた』とわめきだして」

いったん彼は言葉を切り、声を落とした。

「でも言葉の内容より、おれが驚いたのは、透哉が腕から出血していたからです。リストカット、いやアームカットというのかな。なにかの刃物で切りつけたみたいに、だらだら左の腕から血を流していて、ラグマットに染みが――」

「ちょっと待った」

部長がさえぎる。

「順を追っていこうか。透哉くんが『部屋にいた。煙のように消えた』と言ったのは、失踪した二階堂くんのことで合ってる？」

「だと思います。透哉が言うには、はっと気づいたら部屋にいて、恨みがましい眼で自分を見てすぐ消えた、と。腕の出血はその直後からのようです」

「腕の怪我はどうだったの。深い傷だった？」と藍。

「いえ」

古賀は首を振った。

「傷はなかったんです。血を洗い流してみたら、皮膚はきれいなものでした。近くにはナイフや包丁はおろか、鋏《はさみ》すらありませんでした。もちろんほかに怪我をした家人なんていませんし、どこからの出血なのか、誰の血なのかもさっぱり」

「ふうむ」

部長が腕組みした。

「ちなみに出血はその一度きりだけ？　二階堂くんの出現も？」

「いえ、出血は昨日もです。やはり左腕で、外傷はありませんでした」

古賀はしかめ面で答えた。

「二階堂くんどうこうについては、おそらく透哉の幻覚でしょう。でもあいつが話そうとしないので、くわしくはわからずじまいです。でも自主的にこちらを訪れたってことは、やっぱりあいつ、いろいろ思うところがあるんでしょうね」

そう言うと、古賀は長いため息をついた。

2

雨はやはり降りつづいていた。

問題の空き倉庫は、丈の高い雑草に囲まれてぽつねんと鎮座していた。二十年ほど前は近隣に無人とはいえ駅があり、周辺を囲むように飲食店や会社が建っていたらしい。

しかし駅の移転にともなって、それらの店や会社も各地へ散っていった。

いまや道にはほとんど人通りもない。コンテナタイプの空き倉庫が線路を背に、びっしり赤錆《あかさび》を浮かせて建っているのはなんともわびしい眺めだった。

ボディに記された会社名は風雨にさらされて薄れ、読めなくなってしまっている。倉庫を覆うように生えたセイタカアワダチソウが、雨に打たれて稲穂のごとくうなだれている。

フリードでこよみ、泉水、鈴木と順に拾ってきた藍がハンドルに突っ伏して、

「ここまで運転してきておいてなんだけど、あたしこの倉庫、あんまり好きじゃないのよね。大場先輩のこともあるし、昔からいい噂聞いてこなかったから。こよみちゃん、一緒に車の中で待ってましょう」

と言った。

部長が口をひらいて、

「その前に一応、予備知識として言っておくね。大場芽衣さんがここで自殺したのは十年前。いじめられて転校してきたが、半年ほど登校したのちにまた通えなくなり、この倉庫で縊死《いし》してしまった。

その二年後、扶桑中の生徒だった知久昴《ちくすばる》くんが同じくここで縊死した。球技大会でエラーをしたのがきっかけでいじめられるようになったそうだ。最初は無視や陰口程度だったのが、やがて小突かれる、殴られる、階段から突き落とされるというふうにエスカレートしていった。

この時点で両親に相談したが、父親は『弱い』、『だらしない』と怒るだけで、子供を守ることはなく転校も許さなかった。専業主婦の母親は夫の言いなりだったようだ。じきに知久くんは、金銭まで脅し取られるようになった。自分の貯金を使い果たした彼は、姉に懇願して金を借りはじめた。しかし姉の残高も一年ちょっとで尽きた。

知久くんは『もうお金がない』と加害者たちに訴えたそうだ。しかし彼らは『強盗してでも稼げ』と無理じいした。しかし現実に強盗なんかできるはずもない。夜の街に立たされた知久くんは、怖気《おじけ》づいて逃走した。怒った加害者たちは『姉貴に売春させろ』『できないなら、おまえの家に火をつけてやる』などと彼を脅した。進退きわまった知久くんはすべてを遺書に書きのこし、ここで自殺したんだ」

「中学生のやることかよ」

泉水が吐き捨てた。

「タチ悪りい。救いのかけらもねえな」

「うん。手口が悪質とみて、家裁は主犯含む三人を児童自立支援施設送致にした。担任は辞職。校長は『いじめはなかった』と言い張ったが減俸処分になった。しかし人ひとりの命に比して、なんとも軽い処分だと思わざるを得ないよね」

部長は「八神くん」と後部座席を振りかえって、

「申しわけないけどちょっと降りて、泉水ちゃんと倉庫の様子を視てきてくれないか。もちろん過去の事件もいたましいけど、現在失踪中の子が優先だ。二階堂健斗くんに関わるなにかが在るかどうか、それだけでも探ってみようじゃないか」

「あの、おれも降りましょうか」

鈴木がおずおずと言う。

部長は「無理しないでいいよ」と答えた。

「きみ自身の判断にまかせるけど、もしそれできみが体調を崩したら本末転倒だ」

部長の言う意味が森司にはわかった。

鈴木もかつて凄絶《せいぜつ》ないじめを受け、登校拒否に追いこまれた過去がある。知久という少年の思念がもしべったり残っていたなら、影響を受けすぎる恐れがあった。

「したら、ちょっとだけ降りてみますわ」

鈴木は微笑した。

「けど駄目そうやったらすぐ引きかえしてきますんで、よろしく」

泉水がドアを開けた。森司と鈴木もつづいて降り、ビニール傘をひらく。濡《ぬ》れそぼった雑草をかき分けるようにして、倉庫の入り口へと進んだ。

観音開きの扉は鎖が二重三重に巻かれており、南京錠がかけてあった。何枚かの張り紙を剝《は》がした痕《あと》がある。おそらく『関係者以外立入禁止』、『近づくな危険』とでも書かれていたのだろう。

「鈴木、大丈夫か？」

森司が問う。鈴木はやや青い顔でうなずいて、

「やっぱりちょいキツい——ですけど、思うたほどやないですね。もっとようさんくっついているかと覚悟してましたが、意外に薄い、ですわ」

「だな。思ったよりその知久って子の恨みつらみは残っていない」と泉水。

鈴木は顔をしかめて、

「そんでもおれは、やっぱり知久くんとの波長が合いすぎます。音量がちいさいとはいえ、ラジオの周波数がぴったり合うてしもた感じで……ほかの〝雑音〟が入ってきません。ほとんどは怒りと恨みと『なぜ自分だけ』という疑問、かな」

「泉水さんはどうですか？」

森司が尋ねる。泉水は短く唸《うな》って、

「三人とも、感じることは感じるな。だが二階堂健斗が一番、鈴木の言葉を借りれば〝薄い〟か。もともと自己主張しないタチの子なんだろう。なにより、二階堂健斗はここで死んだわけじゃない」

「ですね。二階堂くんはまだ生きてる」

森司は安堵《あんど》まじりに言った。目をすがめて、

「おれは、二階堂くんのほうと波長が合うのかな。コンテナの壁越しに、ぼうっと突っ立ってる彼が視えます。でも、ここでは大場芽衣さんのほうが強いというか、〝濃い〟ですね」

と告げた。

「知久くんのような怒りや恨みより、彼女は悲しみが勝ってます。それから、これは……心配、かな。二階堂くんを心配してます。なぜでしょう、生前に面識はなさそうなのに」

「面識と言や、どうやら大場芽衣と知久昴のほうはお互いを知っていたようだな。『な

んとか心療クリニック』って看板の、病院らしからぬ黒い壁の建物が視える。たぶん二人ともそこに通ってたんじゃないか」と泉水。

「あ、ぼくそこ知ってる」

助手席の窓から首だけ出して、部長が声をあげた。

「インター下りてすぐのとこにある『かねだ心療クリニック』だよ。ぼくも昔、一年くらい通ったことがあるんだ。児童精神科メインの個人病院でね、確かいじめ問題のカウンセリングも重点的に扱ってたはず」

彼はすこし遠い目になり、言った。

「金田《かねだ》先生、まだ現役でいらっしゃるかなあ。——夕方から新たな依頼人と会う予定が入ってるけど、時間は余裕あるようだし、ちょっと寄ってみてもいい？」

3

『かねだ心療クリニック』は洒落《しゃれ》た黒い壁の、一見カフェかアパレルショップかと見まごうモダンな佇《たたず》まいであった。金文字の入ったガラス戸まで続く石畳を、群れ咲いた紫陽花《あじさい》があざやかな青や紫に縁どっている。

「すみません、いきなりお邪魔してしまって。しかもこんな大人数で」

と頭をさげた部長に、金田医師は微苦笑で応じた。

「いいさ、せっかく鱗《りん》くんが久しぶりに訪ねてくれたんだ。どうせ土曜で午後は休診だし、一時間くらいなら相手できるよ」

そう言って笑った金田は、髪も髭《ひげ》もごま塩になった五十代なかばの男だった。笑うと糸になる目と、白衣から突き出た太鼓腹が布袋《ほてい》さまのごとく福々しい。

背後の壁には、患者らしき子供たちの写真がびっしりと貼られていた。新旧取り混ぜて、見たところ百枚以上はあるだろうか。

「ところで最初に釘《くぎ》を刺しておくけど、守秘義務があるから患者のことはなにも教えられないよ？」

「いやあ、もちろんですよ。今日はお顔を拝見しに来たのと、すこしご意見を聞きたかっただけですから」

と部長は金田に手を振って、

「行方不明の中学生の件、先生もご存知でしょう。扶桑中学の二階堂健斗くん」

「ああ」

金田は眉根《まゆね》をきつく寄せた。

「まだ見つかっていないらしいね。他人事《ひとごと》ながら気を揉《も》んでいるよ」

「なんでも、いじめっ子たちに捕まっていわくつきの倉庫に一晩閉じこめられたまま消えてしまったとか。金田先生はこの一件について、どう思われます？」

金田はいったんなにか言いかけ、思いなおしたように唇を閉じた。天井に視線を流し、顎《あご》を撫《な》でる。やがて彼はよそいきの顔をやめて口をひらいた。

「まあわたしは直接その子を知らないし、外野の無責任な意見でしかないけれども——」

低く言葉を押しだす。

「まずひとつに、こういった最悪の事態に至っているかもしれない事件に対しては、警察も報道も〝いじめっ子〟だの〝いじめ〟だの、軽く聞こえる名称は使わないでもらいたいね。確かに加害者の少年たちはただの悪ふざけのつもりだっただろう。だが悪意がないからこそ根が深い、ということも世の中には間々あるんだ」

「わかります」

部長はひかえめに首肯した。

「レッテル貼りというのは心理学上、かなり有効ですからね。当事者はともかく、すくなくとも周囲にとっては」

「そのとおり。〝子供同士のいじめ〟と聞いただけで大したことはないと決めつけ、思考停止してしまう大人は多い。そして子供たちはそれを敏感に察知する。しかし今回のように監禁及び失踪《しっそう》までいったなら、これはれっきとした重大事件だとわたしは思うね。まず大人側が、言葉の選びかたからして認識を改めないといけない。そうでなくとも事件が起こってからやっと大騒ぎするという、この意識の低さはじつに遺憾だ」

「とはいえ全体の統計で言えば、いじめも凶悪少年犯罪も年々減少傾向にあるようですが」

「もちろんだ。いまの子供はおしなべて、おとなしく利巧だからね」

金田は肩をすくめた。

「わたしが子供だった頃に比べ、彼らは格段に現実的だし堅実だよ。だがむろん全員が全員そうじゃないし、またそうあるべきだとも思っている。子供が全員実直でお利巧さんな社会なんてのは、かえって不健全じゃないか」

彼は額に垂れた白髪を掻《か》きあげ、

「人間には誰しも思春期があり、その時期は精神的に不安定になるものだ。世の大人はもっとその点に注意を払うべきだよ。自分たちだって、かつてその年代だったことがあるんだからね。腕力が強くなり、性衝動が湧きはじめ、しかし精神的に未熟で己を制御できない状態――。そこから重大犯罪へ繋《つな》がるキーワードは『支配欲』だ」

と言った。

「殴りたい、金が欲しい、といった直接的な欲望ならまだいい。問題は〝相手を支配したい〟という、抽象的かつ本能的な欲求が核にあるかどうかだ。その場合は暴力および脅迫、恐喝はエスカレートの一途をたどりがちだね」

部長が首肯する。

「そういえばFBI行動科学部のロバート・ヘイゼルウッドによれば、ある連続性犯罪者は『強姦《ごうかん》そのものは大して面白くない』と明言したそうです。つまり性欲は二の次で、相手に君臨したい、支配したい、絶対的な力でねじ伏せたい、という欲求のほうがはるかに強いんだとか」

「まさにそれだ」

部長の言葉に、金田は得たりと同意した。

「言い換えれば他人をコントロールすることの快感、というやつかな。若くしてこれに取り憑《つ》かれると、成人後もこの感覚から逃れられない者は多い。彼らが有能で、実際に現実社会で権力を握ることができたなら、ある程度は解消されるんだがね」

「では無能で権力欲だけ肥大した人間は、どうなります？」

「おおかたの事例では自分の夢想に押しつぶされ、精神的に病んでしまうね。犯罪に走るケースもしばしばだ。だが中途半端に有能な人間が支配欲にかられた場合も、これはこれで厄介なんだよ。カウンセリングで早いうちにその芽を摘むか、適切な方向へ導ければいいんだが……」

金田は背後の壁を振りかえって、目をすがめた。

奇妙なまなざしだった。

森司は思わず、彼の視線の先を追った。だが森司がその違和感をとらえるより先に、金田は写真でいっぱいの壁を親指でさした。

「昔のよしみで、ひとつサービスしようか。その上から三段、左から五番目の写真が大場芽衣さん、その三枚隣が知久昴くんだよ」

部長が苦笑した。

「ありがとうございます。ご訪問した目的は、とっくにばれていましたか」

「そりゃあね。あの倉庫はここから遠くないし、二階堂くんの名前を出されたなら簡単な連想ゲームさ」

だが、なぜいま彼らについて興味を持つのか、とは金田は尋ねなかった。

代わりに目を細めて、

「どうだい、二人とも可愛い子だろう？」と言った。

森司は二葉の写真に目を凝らした。

大場芽衣は整った顔立ちのスポーティな美少女だった。知久昴のほうはだいぶ太り気味だが、確かに笑顔は愛らしい。

金田が視線でスナップ写真を撫でおろす。

「治療が成功したときばかりじゃなく、苦い結果に終わったときの写真も、こうやって目に見えるところへ残しておくことにしているんだ。彼らを忘れないため、そして自分への戒めのため……かな」

六月の湿った空気に、重い言葉が溶けた。

4

部長が言った「夕方に会う新たな依頼人」こと、その男は窮屈そうなカッターシャツに、フック式のアームバンドを着けたままオカ研の部室へ現れた。

顎の尖《とが》った繊細そうな顔立ちは、とうに見慣れたものだ。永遠の文学青年といった眼《まな》差《ざ》しも、胸ポケットにクリップで留めたプラスティックの名札も同様である。

「あ、馬淵さん、どうも」

彼が名乗るより先に、つい森司は会釈してしまった。

眼前にいるのは、側溝にはまっていた愛車を押してやったことから懇意になった、学生課の職員こと馬淵であった。今日はいつものカウンターから出て、部室のパイプ椅子で居心地悪そうに脚を組んでいる。

さいわい今日はこよみがいてくれたため、森司の淹《い》れた「まずくはないが、美味《うま》くもない」と評判の紅茶はふるまわずに済んだ。

「そういえば先日、免田さんとお会いしました」

森司はつづけた。

「でも馬淵さんはちょうど用事があったとかで、学生課におられなくて」

「ああ、講演に来てもらう先生を選定するために、先月からあちこちの会場へ足を運んでいたんだ。そのせいで午後は、大学にいない日のほうが多いくらいだった」

馬淵はうなずいてから、ものめずらしそうに部室内を眺めまわした。

「いやあ、部室棟はもちろん毎日目にしているし、中を覗《のぞ》いたことだって何度もあるが、こうして見ると、新鮮というかなんというか……」

「オカルト研究会にしては、思ったより普通でしょ？」

と黒沼部長が笑って、

「それより馬淵さん、ご相談したいという、例の〝血〟の話をおうかがいしてもいいですか？」

と言った。

馬淵の頬がわずかに強張《こわば》る。しかし彼はすぐに肩の力を抜いて、

「ああ、もちろんいいよ」

と部員一同に向けて両の掌を突きだしてみせた。

肉が薄く、節くれだった指が長い男性的な手だ。骨ばった手首に静脈が青く透けている。掌に刻まれた生命線やら頭脳線は、どれも細く頼りない。血色こそよくないが、傷ひとつない滑らかな皮膚だった。

「この掌の、ちょうど中央あたりからだ。――怪我を負ったわけでもないのに、そこから動脈を切ったような真っ赤な血が流れ出てくるんだ。そして血を洗い流してしまえば、そこにはやはり傷ひとつない」

馬淵は笑みひとつなく言った。

思わず森司は、部長の頭越しに泉水や鈴木と目を見交わしてしまった。

――傷もないのに、皮膚から血が流れだす。

腕と掌の違いはあれど、あの野平透哉と同じ現象だ。

部長が平静な声で訊《き》いた。

「馬淵さん、唐突な質問ですが、行方不明中の男の子をご存知ですか」

「は？」

馬淵が目をぱちくりさせる。

「ああ、扶桑中の子だろう？　昨日も今日もニュースで見たよ。名前は二階堂くんとかいったかな、その子がなにか？」

「個人的なお知り合いではないですか」

「いや全然。ぼくには妻も子供もいないしね」

と怪訝《けげん》そうな顔の馬淵に、部長は微笑して手を振った。

「ならいいんです。すみません、忘れてください。ところでもうひとつ。馬淵さんはキリスト教徒でいらっしゃいますか？」

馬淵はますます胡乱《うろん》な表情になって、

「無宗教だよ。しいて言うなら仏教徒だろうが、葬式か墓参りのときくらいしか思い出さないな」

「なるほど。平均的日本人ですね」

部長は首肯してから、こよみを振りかえった。

「なんでぼくがこんな質問をしたかというとですね。——こよみくんが久々にいてくれて嬉《うれ》しいから、どうぞ説明してあげて」

「あ、はい」

　こよみが「失礼します」と前置きして、

「両掌から生じる出血および傷は、一般に聖痕《せいこん》現象と呼ばれる超常現象です。つまりイエス・キリストの受難のしるしを再現したものと言われているんです」

　と抑揚なく告げた。

「ありがとう」

　と部長は受け、馬淵に向きなおった。

「ちなみに超常現象の中では、聖痕現象はとくにめずらしい部類じゃありません。全世界ではおよそ三百万人が聖痕現象を体験したとさえ言われている。聖痕者でもっとも有名なのはアッシジの聖フランチェスコかな。彼は十三世紀の修道士で、六翼の天使から聖痕を受けたとされています。この事例で驚くべきは『釘《くぎ》そのものが出現した』ことですね。釘は掌を完全に貫通しており、尖った先端と釘頭が見えていたそうです。釘は聖フランチェスコの遺体に残っており、巡礼者の証言によれば『釘の痕ではなく、釘そのものが肉から生じており、鉄の黒さも保たれて』いたそうです。

　また現代に近い有名な聖痕者には、ピオ神父がいます。彼は一九一八年、三十一歳で聖痕を受けました。多量の出血と痛みがあり、傷は両手両足と脇腹に生じた。キリストが磔刑《たっけい》を受けたときの傷と同じ部位ですね。彼の聖痕は五十年間消えず、包帯をしたまま履けるよう靴はつねに特注でなければならなかったそうです」

「めずらしいことじゃない、のか」

馬淵は呆然《ぼうぜん》と言った。

「でもぼくは、さっきも言ったようにキリスト教徒でもなんでもない。なのになぜ」

動揺する馬淵を「まあ聞いてください」と部長は制して、

「確かに聖痕者のほとんどは敬虔《けいけん》なキリスト教徒ですが、むろん例外もあります。二十代でひどい暴行を受けたある女性は、数週間ごとに頭や耳やまぶたから出血するようになった。傷らしきものはいっさいなく、ただ出血だけがあったそうです。ちなみにこの血は彼女が感情的に激したり、他人と言い争ったときにだけ出現したと言います」

「ヒステリーみたいなものか」

「かもしれません。ただしヒステリーというのは俗に思われているような、女性の専売特許ではないんですよ。その証拠に聖痕者の多くが女性であるとされてきましたが、昨今はそうでもなくなってきています。昔は女性七もしくは八に対し男性が一の割合だったのが、現代では女性が三、男性が一の割合にまで迫っているそうです」

「それで、原因は?」

「厳密な意味では不明ですね。たいていのケースではおそらく、熱狂的な信仰心が肉体にまで影響を及ぼしているんでしょう。しかし前述のように、宗教とかかわりなくトラウマで発生する場合もあります。精神の力が肉体に〝傷〟もしくは〝血〟を生じさせていることは疑いないかと」

そこでいったん言葉を切り、部長は前傾姿勢になった。

「ところで、はじめて聖痕が出現した日、馬淵さんはなにをしておられましたか」

「ええと……ちょっと待ってくれ」

彼はスマートフォンを取り出した。

「ああそうだ、午前中は大学で通常業務。午後一時半からは『雪害対策と非常用の備蓄について』の講演を聴いた。うちの大学でもぜひ聞きたいテーマだったからね。そして四時前に大学へ戻り、六時半まで業務し、七時に帰宅した。夕飯のメニューは母のＳＮＳを確認すればわかるが――」

「いえ、そこまでは結構です」

部長は苦笑した。

「ちなみに二度目に出現した日はどうですか？」

「たいして変わらないな。やはり午後から講演を聴き、大学に戻って通常業務につとめたあと帰宅している。講演の内容は『二十一世紀の食育について』だ」

「とくに問題なさそうよねえ」

藍が首をひねる。部長は彼女を見あげて、

「まああ、これだけじゃまだ判断できないよ」と抑えた。

「では馬淵さん、今後、同様の『聖痕』が生じたらすぐにご連絡いただけますか。できれば掌を撮影しておいてもらえると助かるんですが、両手から出血しているとなると難しいかな。さっきのお話ですと、馬淵さんは親御さんと同居のようですね。ご家族にご協力してもらうことは可能でしょうか？」

「いや」

馬淵は口ごもった。

「両親にはあまり、心配をかけたくないから……。でも撮影は、一応努力してみるよ」

部室棟を出ていく馬淵を見送ると、雨模様のまま世界は夜になりかけていた。

部長と泉水はおのおのの研究室へ向かった。藍は車で、鈴木は自転車で、そして森司とこよみはバスで帰宅するため、その場で解散した。

「じゃあ行こうか、灘」

「はい、先輩」

このやりとりにもすでに慣れつつある。まずこよみのアパート近くまでバスに乗り、バス停からは歩いて彼女を送り届けるのがここ最近の日課である。

当然帰宅には大幅に遠まわりなわけだが、この世にこれほど楽しい遠まわりがあるのか、と森司ははじめて知った。

「しかし馬淵さんが、まさかオカ研《うち》を訪ねてくる日が来るとは思わなかったなあ」

「それも先日の野平透哉くんとほぼ同じ現象で、ですもんね。なにかしら関連があるんでしょうか」

「偶然の一致だといいけどなあ。まずは、いなくなった男の子の行方が最優先だしさ」

と森司はスニーカーの泥に視線を落としてから、顔をあげた。

「そういえば灘、例のレポートはまだ終わらないんだ？」

「はい。角村先生は『よくできてるからあと一歩』と励ましてくれるんですが、そのあと一歩がなかなか」

「そっか。ゼミによって事情がけっこう違うんだなあ……」

並んで吊《つ》り革に摑《つか》まりながら話すのは、たわいもない話題が大半だ。

ちょっとした世間話、天気の話、ニュースの話、車窓からたまたま目に入った事象など、中身はほぼないに等しい。しかしこれがまた、たとえようもなく楽しい。

なんなら延々と並んで立ち、延々と歩いているだけでも十二分に楽しく幸福だ。しかしずっと黙っていたのでは彼女が退屈する。それに何時間もバスに乗り、何時間も歩きまわっていては彼女を疲労困憊《こんぱい》させてしまう。

とはいえ森司としては正直なところ、

——この時間が永遠につづけばいいのに。

と毎日毎日願っているのが本音であった。

だが現実は残酷なものだ。今日も今日とてバスは時間どおりにバス停へ着くし、五、六分も歩けばこよみのアパート前へ到着してしまう。

民家の袖垣《そでがき》から、梔子《くちなし》が果物のような甘い芳香をはなっている。降ってはやみ、降ってはやみの梅雨空のもと、花弁の白さがやけに清廉に映る。

「じゃあ、おれはここで」

また明日、ときびすを返しかけ、ふと森司は足を止めた。

「どうした?」

いつもならここで「ありがとうございました。また明日」と手を振るはずのこよみが、なぜか黙っている。それどころか、なにか言いよどんでいるようだ。

「灘?」

「――あ、あのですね」

意を決したように、こよみが口をひらいた。

「よかったら、先輩――あがってお茶でもどうですか?」

一瞬、森司の脳内が空白になった。

三秒、四秒、五秒。見つめあったままの沈黙ののち、

「えぇっ!」

と森司は身を引いて叫んだ。

「え、あ、いや、そんな……え? ええ? いいの? え?」

「せ、先輩がいやでなければ……」

街灯のない路地は薄暗く、こよみの顔がよく見えない。

森司の頭皮からどっと汗が噴きだした。

「あっいや、そんな、いやとかじゃなくて、というかいやなわけないし、むしろそんなレベルじゃないというか、あー……え？」

果たして彼女は意味がわかって言っているんだろうか、と森司は混乱した。若い男を、若い女性の一人暮らしの部屋へあげるというその意味と重大さが。

わかっていないのかもしれない。もしくは油断しきっているのかもしれない。おれが普段あまりにも臆病《おくびょう》かつヘタレな男であるからして、人畜無害で置物のような存在だと誤解させてしまった可能性は高い。だとしたらおれのせいだ。この場でおれが諭さなければなるまい。

「な、灘」

「はい」

「あの……あれだぞ？　お、女の子の部屋に男を入れるとか――そんなことは、簡単に言わないほうがいいぞ」

顔をそむけたまま、森司は言葉を喉《のど》から押しだした。

「あの、なんだ。男なんてのは、日ごろどんなに聖人君子みたいな顔をしていても、腹の中じゃなに考えてるかわかったもんじゃないんだからな。現に警察官が痴漢で捕まったり、教師が盗撮で逮捕されたりする世の中なんだから。要するにもうほら、あれだ」

いかん、なにを言いたいのか自分でもわからなくなってきた。

「つまりだな、女性たるもの、もっと危機感を持ったほうがいい。大学の先輩だからって、信用できる人間と限ったわけじゃないんだ。そりゃもう、ろくなもんじゃないんだ。どれくらいろくでもないかというと、具体例をあげるといろいろあれで――いや違う、そんなことはどうでもいい」

森司は焦った。話せば話すほど混沌《こんとん》としてくる。このままでは駄目だ。こみあげる諸々を払い落とすべく、森司は首を振り叫んだ。

「とにかく男なんてものは、みんな下心があるんだよ！」

ふたたびの沈黙があった。

みずから叫んだ身でありながら、森司は呆然《ぼうぜん》としていた。

どさくさにまぎれてとんでもないことを口にした気がする。すくなくとも路上で、胸を張って大声で宣言すべき台詞《せりふ》でないのは確かだ。変質者として現行犯逮捕されても文句は言えない。

「――先輩も、ですか」

蒼白《そうはく》になる森司の前で、ぽつりとこよみが言った。

「え」

「先輩も、下心、あるんですか？」

こよみの顔はやはりよく見えない。

しかし視線がこちらを向いているのはわかる。袖垣の梔子が、やけにきつく香る。

「そ、それは……」

ごくり、と森司の喉仏《のどぼとけ》が上下した。

なぜだろう、掌が汗ばんでぬるつく。

さっきまでとは違った種類の汗が湧いてくる。

「それは、そりゃ、おれだって……――」

言葉が喉にひっかかる。

次の瞬間、足元でうぉん！　と大きな吠《ほ》え声がした。

思わず森司は悲鳴をあげ、その場で三十センチばかり飛びあがった。

見れば、散歩中らしい大型犬である。飼い主らしき女性が「こらっ、駄目でしょう」、「やめなさい！」と叱りながら必死にリードを引いている。しかし犬は四肢を踏ん張り、森司を睨《にら》みつけて激しく吠えつくばかりだった。

「すみません。こら、タロウ！　よその人に吠えないの！」

「いえ、いいんですいいんです」

森司は跳ねる心臓を手で押さえるようにして言った。

さすがは犬だ、と内心で舌を巻く。湧きあがりかけたおれの邪念を見透かしたに違いない。下心、いや出来心への嗅覚《きゅうかく》が鋭い。

森司は歯を剝《む》いて唸《うな》る犬から後ずさりながら、

「じ、じゃあ灘、また明日！」

と言いざま全速力で駆けだした。

バス停に着くまで、一度も振りかえらなかった。

5

「十年も前のことですから、お役に立つような話ができるかわかりませんよ？」

寄せた眉間《みけん》に迷惑さを滲《にじ》ませて、金物店の店名入りエプロンを着けた女はそう言った。場所はまさに金物店の店先である。黒沼部長と藍は揃って両手を合わせ、

「いやほんと、ご実家まで押しかけちゃってすみません」

「でも行方不明の例の子にも関することですから、どうかひとつご協力を」

と拝み倒した。

藍の先輩である大場芽衣のさらに先輩、つまり藍の兄の伝手《つて》をたどって見つけた相手が眼前の女なのだ。ようやく繋《つな》がった糸だけあってこちらも必死である。なんでも当時、大場芽衣と唯一仲良くしていたという級友であった。

二階堂健斗の存在を匂わされてほだされたのか、はたまた根負けしたのか、女はやがて諦《あきら》めたように嘆息した。

「まあ、わたしに答えられる程度のことなら答えますけど」

「すみません。ほんとうにありがとうございます」

と藍は再度頭をさげて、

「おつらい思い出でしょうし、心苦しいんですが――では大場芽衣さんについてお尋ねしてもよろしいでしょうか」

とあらためて言った。その語尾を、女が厳しい声音でさえぎる。

「言っておきますが、あの頃に報道されたことは嘘ばっかりですから」

「……と言うと？」

「だから、大場さんが向こうの中学でもこっちでもいじめられて自殺した、って報道です。彼女、うちのクラスじゃいじめられてなんかいませんでしたよ。そりゃ確かに浮いてはいたけど、物を隠されたとか机に落書きとか、ワイドショウで言われたようないやがらせは全然なかったんです。誓って言えます」

女は鼻息荒く、

「テレビなんてほんと、捏造《ねつぞう》ばっかり」と吐き捨てた。

藍がうなずいて、

「承知しました。ところでさっき大場さんが浮いていた、とおっしゃいましたが、それはやはり転校生だからクラスになかなか馴《な》染《じ》めなかった、という意味でしょうか？」

「まあ、それもあります」

女は歯切れ悪く応じた。

「前の学校で結構派手にやられてたみたいで、こっちに来てからもおどおどしてましたから。聞いた話では、目立つグループの女子に目を付けられていたんだそうです。最初は集団で無視とか、すれ違いざまの陰口程度だったのが、間の悪いことに大場さんのお母さんの長期入院が重なって、彼女自身不安定になっちゃったらしいんですね。ほら、いじめっ子って弱ってる人を見抜くのうまいじゃないですか。かさにかかって男子までいじめに巻きこみはじめたので、父親が危機感を覚えて転校させたようです」

「こちらに転校してきてから、いじめはなかったんですよね？　過去がトラウマで新しい学校に馴染みにくいのはわかりますが、学校側はとくに溶けこませる手助けなどはしなかったんでしょうか」

「いえ、していましたよ。保健室登校だって許可してましたし、担任なんかむしろ――」

女は言葉を切った。

「どうしました？」

藍が問う。

「……こんな言いかたは、よくないですが」

女は口ごもりながら言った。

「わたし、いまでも大場さんに関しては、担任の先生のやりかたがまずかったと思ってるんです。『仲良くしてやれ』、『仲間に入れてやれ』、『大場にもっとやさしくしろ、気を遣え』って、押しつけがましいくらいうるさくて。中学生ってただでさえ、大人の介入をいやがるじゃないですか。大場さんに関わると担任がうざいってイメージがついてしまって、『ひいき』とか言われて、だんだん遠巻きにされるようになったんです」

「ああ、ありますよね。気遣いが裏目に出てしまうってこと」

と藍はひかえめにコメントして、

「でもあなたは、彼女と仲良くしていたんでしょう？」

「わたしはまあ、大場さんと席が近かったし、あの先生みたいなタイプ、親で慣れてたから。でも仲良しって言えるほどじゃありませんでした。大場さんもクラスの中に居場所がないのを察知して、だんだん登校しなくなりましたしね。たまに学校へ来ても、教務室か理科室へ直行でしたもの」

「理科室？」

「担任が理科の先生だったんです。母親は病気だし父親は仕事で忙しいしで、精神的に頼れる人がほかにいなかったんだと思います。末期はわたしとさえ、すれ違っても挨拶《あいさつ》もしないようになって……。自殺する間際は、あの子の相手をしていたのはもう担任だけでしたね」

「ちなみにその担任教師は、いまは？」

「わかりません。彼女の自殺で責任を追及されて、辞職したはずです。故郷へ帰ったという噂もありましたが、その後どうなったかは全然」

女は無表情に首をすくめた。

インターネットで検索しても、やはり大場芽衣の担任教師の行方は知れなかった。だがその代わりに、副担任だった男のSNSが見つかった。

彼は現在、県内で福祉施設の職員として働いている様子であった。

SNSにはスターバックスやタリーズの新作メニュー、趣味らしき飛行機模型の画像に混ざって、施設の入居者と笑顔で撮った写真がアップロードされていた。

黒沼部長のアカウントから、ダイレクトメッセージを通してコンタクトをはかってみる。すると、さっそく昼休みの時間内に返信があった。彼いわく、

「あの頃のことはあまり思いだしたくない。自分は新人で、上のやりかたに疑問があっても物申せる雰囲気じゃなかった。学校教育の現場に限界を感じ、あのあとすぐに教師を辞めた」

黒沼部長はすぐに返事を打った。

責めるつもりはないし、当時のあなたに責任があったとも思わない。ただ現在進行中の事件に関連する事項として、情報が欲しいだけなのだ――と。

案に相違して、彼からのレスポンスは早かった。

「大場芽衣の件については後悔しかない。傍《はた》で見ていても、担任のやりかたには疑問があった。しかし口出しできなかった。自分の気のまわしすぎかもしれないと、疑いを封じこめてしまった」

だが「気のまわしすぎとは、どういう意味ですか？」という部長の問いに、返信はそれきり途絶えた。

部室の窓越しに、中庭を通り過ぎていく学生たちの傘が色とりどりの花のようだ。

副担任からのレスポンスを待つともなしに、部員たちが部室棟を出入りしていた午後三時、唐突にそのＬＩＮＥメッセージは届いた。

鳴ったのは黒沼部長のノートパソコンであった。発信者を確認して、彼がすこし目を見ひらく。藍、泉水、鈴木、森司と順に見まわして、

「野平透哉くんからだ」

と、部長はなぜか声をひそめて告げた。

部員たちが自然と部長のまわりに集まり、モニタを覗《のぞ》きこむ。

パソコン用ＬＩＮＥアプリの画面には、

「すみません。古賀さんには内緒ってことで、話いいですか」

と透哉らしからぬ遠慮がちなメッセージが表示されていた。

部長が「もちろん」と返信するやいなや、用意していたのか数秒でレスポンスが返ってきた。

「例の、二階堂健斗の件です。ここだけの話。そっちの研究会って、探偵みたいなこともしてるんですよね？　だったら、うちの担任を調べてもらえませんか」

「担任の先生を？　なぜ？」

今度はやや間があって、

「あいつがクラスで浮くようになったのは、担任のせいだから」と返事があった。

森司は隣の泉水と顔を見あわせた。部長がキーボードを叩《たた》く。

「どういうこと？　くわしく教えてくれないかな」

ふたたび、多少の間。

「おれ、あいつと去年も同じクラスだったんです。でもそんときは、おとなしくて目立たないやつってだけで、まわりもなんとも思ってませんでした。いじられるようになったのは、いまのクラスになってからっていうか、いまの担任になってから」

「先生が彼になにかしたの？　なにか具体的なエピソードが知りたいな」

「エピソードって言われると困るけど、とにかく先生があいつにすごくかまうんです。『二階堂はおとなしいから』とか『やさしすぎる』とか言って、あいつだけ特別扱い。課外授業んときのバスの席も先生の隣だし、なにかといっちゃそばに呼ぶんで、みんなうんざりって感じで」

「つまり『あいつは先生のひいき』だと認定されて嫌われていったってこと？」

「それです。『ひいき野郎』とか『早船《はやふね》のポチ』とか言われていじられるようになって、そっからいろいろエスカレートしていきました」

早船というのは担任の姓だろう。黒沼部長がさらに問う。

「もしかして最近、まともに二階堂健斗くんの相手をしてあげてるのは、その早船先生だけだったりする？」

「かもしれません。おれもあんま、近寄らないようにしてたし」

「そうか。ところで肝心のところだけど、さっきの『担任を調べてほしい』というのはどういう意味かな？　つまり透哉くんは早船先生を疑ってるの？　彼が二階堂くんを誘拐したとでも思ってる？」

返事はなかった。既読は付いたが、それきり透哉はうんともすんとも答えなくなった。

部長が駄目押しのようにわざとらしく、

「ところであれ以来、きみの部屋に二階堂くんは現れないのかな。〝腕の血〟は止まった？」

と送る。やはり返事はない。

「ん、ここまでかな」

部長が苦笑し、ノートパソコンを閉じた。

椅子をまわして部員たちを振りかえる。

「さて、どう思う？　大場芽衣さんと当時の担任、そして二階堂健斗くんと現在の担任。同一人物であるわけはないが、この不思議な相似はいったいなんだろうね？」

藍が腕組みして言った。

「八神くんがあの倉庫で『面識がないのに、大場さんは二階堂くんを心配しているみたいだ』と言ってたわよね。その理由は、なんとなくだけどわかった気がするわ」

「つまり二人はある意味、似たもの同士だったわけか。中学生にもなって『あいつは教師のひいき』とクラスメイトに決めつけられてしまうのは、確かに居心地が悪いでしょうね」

と森司がうなずく。

泉水が部長を見て、

「しかし、あの透哉のほうはもっと情報を持ってそうだよな。どうする、兄貴を使ってつついてみるか？」

「いや、もうすこしだけあの子は泳がせよう」

部長は首を振った。

「ほうっておいても、あの子のほうから我慢できなくなってコンタクトをとってくるさ。その間にぼくたちは、担任二人について調べておくとしようよ」

6

二階堂健斗と透哉の担任教師こと早船守《はやふねまもる》の名は、県のホームページから閲覧できる『公立校教職員人事異動』のデータにてあっさり見つかった。

さいわいデータは毎年分PDFで保存されており、過去十五年を遡《さかのぼ》って確認できた。十三年前に『新採』の記述があるからして、現在は三十五、六歳だろう。

PDFデータをプリントアウトした用紙をめくって、藍が眉根《まゆね》を寄せる。

「ねえ、なんかこの先生、やたらしょっちゅう異動してない？」

部長もデータをざっと見てうなずいた。

「確かに、年齢のわりに異動が多いね。これによれば扶桑中に赴任して二年目で、その前の中学での赴任期間は三年。過去には二年での異動が二度、たった一年在職しただけで異動、というのも一度あるようだ」

「おかしいわよ、これ。公立中学校の教師って地方職員だから、よっぽどでない限り在職期間って一律で五年前後でしょ？　教師になったあたしの友達だって『若いうちは五年ごとにあちこち飛ばされるの覚悟で教職に就いた』って言ってたもん」

うーん、と一同が唸《うな》ったとき、部室の引き戸が開いた。

ひらいた戸の隙間から遠慮がちに顔を覗かせたのは、職員の馬淵であった。

「あれ、馬淵さん。どうしたんです？」

森司が問う。

馬淵は恥ずかしそうに首を縮めた。

「いや、すまんね。べつに自分の件を急《せ》かしたくて来たわけじゃないんだ。ただきみたちが行方不明の子について調べてるようだと知って、ちょっとばかり気になって――」

「ちょうどよかった。馬淵さん、これ見てもらえません？」

有無を言わさず、藍がプリントアウトした用紙を彼に押しつけた。

突然のことに馬淵が目を白黒させる。しかし藍の説明とともに真顔になっていくと、

「ああ、うん。こりゃあ妙だな」

と彼は唸るように言った。

「ぼくは大学職員であって公務員じゃあないが、いちおう教職免許を持っているし、父も教師だったからそれなりに現場のことは知っている。新任なら三年ないしは四年の短いスパンで異動させられるが、そうでない限り一般教員は五、六年しないと『異動対象者』にはならないもんだよ。三十代なかばでこの異動の多さは、めずらしいと断言できるね」

「新人でもないのに頻繁に異動させられる教職員といえば、どんなケースが考えられますか？」

部長が尋ねる。

馬淵は顎《あご》に手をやって、

「やや素行に問題のある教師や、日教組の活動に熱心な教師、かな。有能だから他校に引き抜かれるケースも稀《まれ》にはあるがね。でも一般的には、前者のほうが圧倒的に多いだろう」

「教職員って、毎年十一月ごろに異動希望調書を書かせて提出させられるんですよね。もちろんあくまで希望であって、上は参考にする程度らしいけど」と藍。

泉水がデータを上から下まで眺めまわし、

「早船守は、どこの学校でも赴任期間が短いな。最高でも四年か」

「やっぱり素行が悪いんですかね。おれが中学時代、同僚の女性教師と付き合ったり別れたりでごたごたして、飛ばされていった先生がいましたよ」

と森司は言った。鈴木が首をひねって、

「教師として無能って線もあるんとちゃいます。学級崩壊させたとか、いじめに無関心か、もしくは体罰とか」

「うーん。その手の問題が多い教師には、あまり担任を受け持たせないものだけどね。たまたま人手が足りなかったのかなあ」

部長が首をかしげて、携帯電話に手を伸ばす。

「そのへんのことは古賀くんに訊《き》いたほうが早そうか。あんまり彼と接触すると透哉くんに『裏切り者』って言われちゃいそうだけど、まあこの程度ならいいでしょ」

と笑い、アドレス帳から番号を選んでコールした。

ちょうど実験の待ち時間だったという古賀は、

「透哉の担任？　ああ、そういえば母が『本来受け持つはずだった先生が妊娠したから、産休に入る時期を考えて急遽《きゅうきょ》交代になった』とかってぼやいてましたよ。二、三年はクラス替えや担任替えなしに繰りあがりだから、母としちゃベテランの先生に担任してほしかったようです。ええ、透哉のやつ、おれと義父には反抗的ですが、母とはけっこう仲いいんで」

と、とくに含んだ様子もなく答えた。

「担任の評判ですか。いやあ、そこまでは知らな——あ、そうだ。ちょっと待ってください」

いったん送話口から離れる気配がし、また声が近くなる。

「すみません。同《おな》ゼミに、扶桑中生の妹持ちのやつがいるんですよ。そいつに頼んで、妹さんに訊いてもらいます。折り返しますから、十分か十五分ほど待っていてもらえますか」

黒沼部長は了解し、通話を切った。

誰でも手軽に淹《い》れられるペーパーバッグ式のドリップコーヒーで、馬淵をまじえて一服しながら待つ。

宣言どおり、十分少々で電話が鳴った。

部長が即座にハンズフリーに切り替える。

「もしもし、古賀くん？」

「あ、はい。さっき言った同ゼミのやつから、妹さん経由で情報をもらいました。いわく、『地味で、印象が薄い先生。社会科地理担当。可もなく不可もなく、目立たない。去年地理を受け持たれた子から、ひいきする先生だって聞いたことはある。でもルックスがいまいちだから女子生徒には人気ないし、ひいきされてもべつにうらやましくない』だそうです。……辛辣《しんらつ》ですね」

「いやあ、中学生の女の子なんてそんなもんでしょ」

部長が苦笑で応じた。

古賀が口調をあらためて、

「それから、二階堂くんについては『早く見つかってほしい。普通のおとなしい子だし、うちのクラスになっていたらいじめられていなかったと思う。あの子自身は成績がいいのに、へんなやつばかりのクラスに入れられてかわいそう』と言っていたそうです。彼を例の倉庫に閉じこめた首謀者たちはいま針のむしろで、明日の月曜はまともに登校できないだろう、とも」

「ごめんなさい」

と、ここで藍が割って入った。

「失礼だけど、二階堂くんが倉庫に閉じこめられたとき、透哉くんもその場にいたらしいわよね。透哉くんはその〝針のむしろ〟の一員には入ってないの？」

「妹さんの口ぶりじゃ、うちの弟はいじめっ子のうちにカウントされていないようでしたね。ただの腰巾着扱《こしぎんちやく》いにされてるのかな。まあ弟は小柄だし、誰かを威圧できるようなタイプでもないですから」

古賀の語尾にも苦いものが滲《にじ》む。

「と、この程度の情報なんですが……お役に立ちましたか」

「もちろん。大いに立ったよ、ありがとう」

黒沼部長が請け合う。古賀はあからさまにほっとした口調で、

「それならよかった。なにか進展があったら、ぜひ連絡をください」と言い、通話を切った。

7

梅雨時期の室内は、カーテンを閉めてしまえば日暮れ前でも暗い。

野平透哉はベッドにもぐりこみ、膝《ひざ》を抱えて胎児のようにまるくなっていた。掛け布団を頭の上まで掛け、薄暗くあたたかな聖域でじっと息をひそめる。

ドアの鍵《かぎ》はかけてあった。窓もすべて施錠してある。

──誰も入ってこれないはずだ。

そう己に言い聞かせた。だが、かけらも安心できなかった。

目を閉じると、まぶたの裏に三日前の光景が浮かんでくる。二階堂健斗をあの倉庫に閉じこめた、まさにあの当夜の情景だ。

罪悪感が消えない。汚泥のようにべっとりと胸にへばりついて消えない。

自分のせいだ。それはわかっていた。

こんなことになったのは全部おれのせいだ。でも過去に戻って同じ選択肢を与えられたなら、同じ答えを選ばない自信はなかった。己の弱さが歯がゆく、惨めだった。

二階堂健斗を倉庫に閉じこめる計画を聞かされ、「おまえも来いよ」と誘われたとき、透哉は拒めなかった。

なぜって、健斗とおれとは別だと思いたかった。同じ目線に立ちたくなかった。なにより、周囲に同類だと見なされたくなかった。

倉庫の扉が閉められた瞬間、隙間から覗《のぞ》いた健斗の瞳《ひとみ》。

ごめん、と思った。ごめんよ、おれだってやりたくないんだ、こんなこと。でもやらなきゃ、おれが。

おれの弱さが、みんなにばれてしまうから——。

あの日、クラスメイトたちの笑い声を背に、透哉はふらふらと家へ帰った。

指さきが冷たかった。体の末端まで、血が行き届いていない気がした。

いったいいま自分はどんな顔をしているのだろう。恐ろしくて、親とも兄とも顔を合わせられなかった。食欲がないからと、夕飯をことわって自室へ直行した。

携帯電話の着信ランプが瞬いていた。電源を切って、学校指定かばんの奥深くへねじこんだ。

制服を脱ぎ、ベッドに横たわった。

目を閉じる。まぶたの裏に緑の閃光《せんこう》が散っていた。

眠れる気はしなかったが、ほかになにもしたくなかった。ただ早く朝になってくれればいいと思った。朝になれば健斗を出してやれる。それだけが一縷《いちる》の望みだった。

それでもほんの短い間、うとうとしたらしい。物音がした気がして、ふと透哉は目を覚ました。

枕から首をもたげる。

彼は目をしばたたいた。

誰かいる。

窓の薄明かりを背にして、人影がこちらを見ている。

「――古賀さん？」

兄だろうかと呼びかけたか、返事はなかった。

人影は微動だにしない。顔が見えない。ただ眼だけが白く光っている。その双眸《そうぼう》に浮かんだ表情に、見覚えがあった。

悲しみをたたえた瞳。絶望と諦念《ていねん》の色。そして非難――。

その眼は確かに透哉を責めていた。ほかの誰でもなく、彼に向けられた感情だった。

透哉にはそれがはっきりとわかった。

――健斗。

健斗だ。こいつは二階堂健斗だ。

どうやってあの倉庫を出たのか、あいつがやって来た。おれを責めに。おれをとがめ、告発するために。

透哉は恐慌に陥った。思考がもつれ、混乱する。

なぜ来たと訊《き》くべきか。それとも謝罪するべきなのか。それよりどうやって倉庫を出て、どうやってここまで来たというのか。なにから口にすべきかわからない。頭の中がぐちゃぐちゃだ。

透哉はわれ知らず、健斗に向かって腕を伸ばそうとした。

その瞬間、皮膚をぬるりと生あたたかい感触が伝うのがわかった。

視線を落とし、透哉は息を呑《の》んだ。

薄闇に慣れた目に、腕を伝い流れる赤黒い液体が映った。

重たげに膨れた雫《しずく》が腕から手、指とゆっくりと落ちていく。中指の先から、ぽたり、と落ちる。

透哉は悲鳴をあげた。

8

その福祉施設の、一般職員の退勤時刻は六時であった。

七人乗りのフリードは、図書館から拾ったこよみと馬淵を乗せて定員いっぱいで走り、施設の専用駐車場に停まった。

壁に夏蔦《なつづた》をはびこらせた施設本館は、降りつづいた雨で灰いろに濡《ぬ》れそぼっていた。入居者に出す食事の用意がととのいつつあるのか、ひらいた窓から揚げ油と味噌《みそ》汁の匂いが漂ってくる。

六時十五分。レインコートを着た女が正面玄関から早足で出てきた。やや遅れて出た男が、駐輪場へ向かう女に手を振りながら短い石段をおりる。

間違いなくSNSで見た顔だった。大場芽衣の元副担任だ。

「八神くん、行って」

「はい」

足の速い森司がまず降り、「すみません」と声をかけて彼を足止めした。その間に部員全員がフリードから降りて、副担任の前へとまわりこむ。

「いやあ、ほんとうにすみません。ぼくら、本日ダイレクトメッセージをお送りしました雪大の者なんですが」

「は、……？」

元副担任の頬が、目に見えて引き攣《つ》った。

黒沼部長が追従笑いを浮かべ、

「職場まで押しかけてしまい、ご迷惑は重々承知です。でもあなたが言った『担任のやりかたには疑問があった。しかし口出しできなかった。自分の気のまわしすぎかもしれないと、疑いを封じこめてしまった』という言葉の意味がどうしても知りたくて」

と言った。

元副担任は声もなく唇をひらいては閉じ、呆然《ぼうぜん》としていた。

その隙に、藍が前へ一歩進み出た。

「現在行方不明で、県警をあげて捜索中の中学生がいることはご存知ですよね」

「え、あ、ああ」

戸惑ったように彼はうなずいた。

「ニュースで見たよ。数日前に行方知れずになったとか」

「そうです。でもニュースでは報道していないことがあります。その子は大場さんが自殺した、例の倉庫からいなくなったんです。それきり、姿をくらましてしまいました」

元副担任の顔にふたたび狼狽《ろうばい》が走る。

藍が早口でたたみかけた。

「失踪《しっそう》してから今日で四日目です。彼を見つけるために、いまはどんな糸でも探るべきときと思いませんか。あなたも元教師でしょう。二階堂健斗くんのためにも、ぜひお話を聞かせてください。お願いします」

元副担任はたっぷり一分近くためらっていた。

だがやがてあきらめの吐息をつくと、

「——わかりました。いいでしょう」

とつぶやくように言った。顔をあげ、薄く笑う。

「不思議なもんですね。なんだかこの瞬間を待っていたような気がする。なんだかんだ言って、おれもいつか、誰かに打ちあけたかったのかも知れないな」

「では大場芽衣さんと、当時の担任教師についてお聞かせいただけますか？」

黒沼部長が問う。

元副担任は奇妙に穏やかな表情で、首を縦にした。

「あの頃から、疑ってはいたんですよ」

「なにをです」

「あの先生が、どうも大場芽衣をわざと孤立させていたようだ、とね」

森司はぎょっとして元副担任を見かえした。

彼はわずかに視線をはずして、

「——教師の中には、たまに、生徒との距離感がわからなくなる人がいるんです」

と言った。

「なんと言ったらいいでしょうか。本来ある師弟関係や上下関係というものを、自分の都合のいいように誤解してしまうというか……学校というのは特殊な閉鎖空間ですから、こう、魔がさすんですかね——」

「はっきり言ってください」

藍がうながす。

元副担任はやはり顔を微妙にそむけたまま言った。

「担任を受け持っていた先生は、四十過ぎのベテランでした。教師が生徒の仲にしつこく介入したら、かえってその生徒が疎《うと》まれることくらい承知していたはずだ。第一、あの先生はどちらかといえば機微に敏いほうでした。故意に『大場と仲良くしろ、仲間に入れてやれ』と圧力をかけて、クラス間で大場芽衣を浮いた存在にさせているとしか思えなかった」

「そんな。だとしたら、なぜそんなことを？」

　森司は問うた。

　元副担任が低く答えた。

「大場は、母親が長患いで入院中でした。忙しい父親に転校で手間をかけさせたのも心苦しく思っていた。あの子はあれ以上、親に心配をかけたくなかったんです。友達はいない、親も頼れないとなると、すがれるのは教師くらいだ」

「自分だけを頼るよう、意図的に誘導していたってことですか」

「……あの先生は、一日十何通もメールを送れと大場に強要していました。『おまえが心配だから』、『おまえのために行動を逐一把握していないと』と言って、画像付きのメールを一時間おきに送るようにと。命じられるまま、大場はパジャマや部屋着姿の自撮り画像を送っていたようです。また『先生が好き』、『信じられるのは先生だけ』などという言葉も、定期的に送らせられていました」

「なにそれ、気持ち悪い」

　藍が声を跳ねあげた。

「セクハラじゃない」

「そうです。まさにそれですよ」

元副担任はため息をついた。

「教師と生徒間のセクハラです。しかしさっきも言ったように、学校というのは閉じた特殊な空間でね。ひらかれた一般社会なら問題になるはずのことが、見のがされてしまうというか――いや、人のことは言えません。ぼくだって『百パーセントの確信があるわけじゃない』を言いわけにして、大場と彼の関係を見ないふりしていた。末期にはもっとエスカレートしていたはずです。でも知りたくない、かかわりたくないと、途中で目をそむけてしまった」

ひどい話だ。森司は無意識にシャツの裾《すそ》を摑《つか》んだ。

大場芽衣が自殺するまでに担任とどんなやりとりがあり、どんなふうに追いつめられていったかは想像に難くなかった。だが、考えたくなかった。頭の片隅に浮かべるだけでも胸がむかついた。

舌打ちしかけて顔をそむけ、森司はふと目線を留めた。

「……馬淵さん？」

斜め後ろに立っていた馬淵が、口を掌で押さえていた。顔いろが真っ白だ。血の気を失い、脂汗を浮かべている。

「どうしたんです、馬淵さん」

部長や藍も彼の様子に気づき、声をかけた。

だが馬淵は答えなかった。声も出せずにいる様子だった。

彼はよろめき、その場で数歩たたらを踏み、崩れるようにしゃがみこんだ。そして、躑躅《つつじ》の植え込みに嘔吐《おうと》した。

こよみが駆け寄り、彼にハンカチを差しだした。馬淵がえずきながら、潤んだ眼でこよみを見あげる。

その瞬間、なぜか森司はぎくりとした。

馬淵の表情が、別人のように変わって見えたからだ。

いつもの落ちついた、やや傲岸《ごうがん》なふうはなりをひそめ、なんだか——そう、なんだか幼く映る。十も十五も若がえって、まるで少年に戻ったような。

「ま、馬淵さん……？」

「——父だ」

宙に視線を泳がせ、馬淵は言った。

「父と同じだ。ぼくの、父は……高校の、教師だった。ぼくが小学生のときまでだ。父は、父は問題を起こして——」

彼は首を垂れ、濡《ぬ》れた芝生に両手を突いた。

「——教え子の女子生徒と、間違いを起こしたんだ。懲戒免職こそまぬがれたが、ぼくらは地元にはもう、住めなかった。夜逃げ同然に引っ越さざるを得なかった」

屈辱だった、と馬淵は呻《うめ》いた。

あの頃、父は泣いて妻子に詫《わ》びた。

——誘惑に負けた。おれの心が弱かったばかりに、おまえたちにまでつらい思いをさせた。許してくれ。

と、畳に額を擦りつけた。あの誇り高く厳格な父が、と幼い馬淵は衝撃を受けた。母は泣く父にとりすがり、

——ほんとうに大切なものがなにか、思いだしてくれたならいいの。新しい土地で、親子三人やりなおしましょう。

と涙を浮かべて微笑んだ。

その言葉どおり、両親は離婚しなかった。

新天地で父は数年の間、職を転々とした。「あんな若僧に使われてたまるか」、「どいつもこいつも低レベルなやつらばかりだ」と数箇《か》月、ひどいときは一週間で仕事を辞めてきた。その間、母が保険外交員をして一家は食いつないだ。

だが慣れない営業、しかも寄る辺ない土地に越してきたばかりの母の成績は、むろんはかばかしくなかった。おまけに父は収入に従って生活レベルを落とす、ということができない男だった。

一家は貧窮した。電気、ガスを止められ、給食費も払えない月がつづいた。そのたび両親は口をきわめて「父をたぶらかした、あの女」を罵《のの》った。

——あいつさえいなければ。

──あんなやつに出会わなければ。

──人生を狂わされた。

その呪詛《じゅそ》は幼い馬淵の脳に刻みこまれた。父は被害者なのだ、と彼は信じた。父は運が悪かっただけだ、たまたま〝加害者〟の教え子に出会ってしまったがゆえに、順風満帆なはずの未来をぶち壊されたのだ──と。

父が塾講師の仕事を得、生活が安定するまでの数年間、馬淵はその恨み言を毎夜のように聞かされつづけた。

彼が中学を卒業する頃には、両親はもとの「誇り高く知的な父」と「穏やかで上品な専業主婦の母」に戻っていた。

二人は過去のあやまちなど忘れたようにふるまっていた。だが馬淵は忘れられなかった。そして両親もまた、心の奥底では同様であるとわかっていた。

馬淵は進学し、教員免許を取得したものの教師にはならなかった。だがなぜか、学び舎《や》から完全に離れてしまうこともできなかった。彼は大学職員の道を選んだ。

それから、十年余。

「大学に呼ぶ講師の選定員に、任命されて……あちこちの会場へ、足を運んだ。そこで、出くわしたんだ。偶然だった」

うなだれたままつぶやく馬淵に、森司が小声で問うた。

「なにと、出くわしたんです」

「──『校内における、教師の性的圧力』についての、講演だよ」

「いわゆるスクールセクハラ、というやつですね」

部長が静かに引きとった。馬淵が洟《はな》を啜《すす》る。

「そうだ。……聴くに耐えなかったよ」

ハラスメントで免職になった、その教師自身が講演していたんだ、と馬淵は語った。

元教師いわく、

「本気で〝恋愛している〟つもりだった。相手が小学生であっても〝たまたま好きになったのが小学生だっただけ〟と思っていました」

「裁判で、教え子の日記が朗読されて『死ぬほどいやだった』という記述に、愕然《がくぜん》とさせられたものです」

「同じくセクハラで懲戒解雇された教師と、カウンセリングで知りあいました。しかしそいつは、完全に故意犯で……。あまりの下種《げす》さに『おれはこんなやつと同類と見られてしまうのか』とショックを受け、そこから本格的に更生を誓いました」

二列目中央の席でそれを聴いた馬淵は、自分でも驚くほどの嫌悪を元教師に覚えた。吐き気で胃が波打った。冷えた粘い汗が流れ、全身が震えた。

──なにを言っているんだ、こいつは。

元教師は口では殊勝な反省を述べながら、端々に「愛していたのに、生徒に拒絶され傷ついた」、「おれはほかのセクハラ教師とは違う」という恨みと被害者意識を滲《にじ》ませていた。

　馬淵の体を怒りが突き抜けた。

　だがなぜ自分がこんなにも怒っているのかわからなかった。大学職員という立場からの義憤だろう、と自己判断した。


「そうして次の日、ぼくは、違う会場へ足を運んだ。『雪害対策と非常用の備蓄について』の講演を聴き——その夜に、掌から」

　馬淵は唸《うな》るように言い、両の掌を眼前にかざした。

　元副担任が目を見張った。

　ぽつ、と馬淵の掌の真中に紅の点が浮かぶ。見る間に点は盛りあがり、玉になったかと思うと弾け、つぅ、と掌を縦断して流れて——。

「馬淵さん！」

　森司は叫んだ。

　泉水が歩み寄り、馬淵の両腕を摑《つか》む。

　力まかせに捻《ひね》られ、馬淵が痛みに呻いた。

「なにを見た？」

　やさしいとも言える声で泉水はささやいた。

「その講演であんたは、なにを、誰を見たんだ？」

「ち――」

馬淵はあえいだ。

「――父、を」

苦しげに告げてから、彼はかぶりを振った。

「いや違う、正確には父じゃない。講師の一人がとても、あの頃の父に似ていたんだ。職を転々とし、鬱屈《うっくつ》して、妻子に恨み言ばかり吐いていた頃の、父に――」

その視覚的なショックが、昨日聴いた講義の記憶に重なった。

馬淵の胸の中に、あらゆる感情が渦巻いた。悔恨。自己嫌悪。父への軽蔑《けいべつ》。恐怖。羞《しゅ》恥《うち》と自責。怒り。憎悪。泣きたいほどの哀惜。

――ああ、あの女子高生は被害者だったんだ。

長年「魔女」、「疫病神」と、馬淵の家庭内で罵られつづけていた少女。彼女はまだ高校一年生だった。いまの自分から見れば、ほんの子供だ。

閉鎖された校内において、教師は生徒の生殺与奪の権利を握っているにひとしい。なにが恋愛だ。たとえ相手がいろよい返事をしたとしても、それは教師の強権と圧力下での、ストックホルム症候群の亜種に過ぎない。

――なのになぜ、ぼくはこんなにも長い間、両親の言葉を疑わずにいたんだろう。

――なぜ親の言うがままに、あの女子高生を憎みつづけていたんだろう。

わかっている。そのほうが楽だからだ。

ばらばらになりかけていた当時のおれたちは、共通の敵をつくることで「家族」を、家庭を繫《つな》ぎとめた。自分たちを守るために、誰かを悪に仕立てあげねばならなかった。父を責める勇気がなかった。母を憐《あわ》れと思ってしまった。成長して知識が身についてからも同じだ。波風をたてたくなかった。

「父は、いま、塾の教え子の産んだ子供たちを可愛がる、好々爺《こうこうや》になっているよ。あの頃のことも、彼女のことも、忘れ去ったみたいに――」

泉水に腕を押さえられながら、馬淵はうつろに言った。

両掌の血は、気づけば止まっていた。

部長が進み出て静かに言った。

「精神の力が肉体に〝傷〟もしくは〝血〟を生じさせる。あなたは自分で自分を罰していたんですね。両親を責めることができない代わり、彼らの言うことを鵜呑《うの》みにして、彼女を憎んだ自分自身を嫌悪した」

「――夜逃げ同然に、転校させられた、当時」

肩を落としたまま、馬淵がつぶやきを落とす。

「あの少女の写真を、毎晩、自分の部屋で叩《たた》いていたんだ。鬱憤《うっぷん》晴らしだった。子供だったとはいえ、この手で、毎晩……」

「だからあなたはその〝手〟を罰した。多くの聖痕《せいこん》現象は、磔刑《たっけい》のイエスに共感し、無意識に同一化をはかることで起こるとされています。そこには罰せられたい、罰されることで浄化されたいという願望が、はっきりと読みとれる」

部長は静かに告げた。

「あなたも同じです。——あなたの中にいまも棲《す》む潔癖な少年が、父親よりまず、自分自身を罰せずにはいられなかったんでしょう」

馬淵は片掌で顔を覆った。

小止みになっていた雨が、薄黒い空からふたたび降りだしていた。

9

馬淵を自宅へ送り届け、大学へ戻ると部室の前に人影が立っていた。

古賀と、異母弟の透哉だ。

節電中でまばらにしか点《つ》かない灯《あか》りのもと、透哉の頰はやけに白っぽく見えた。

この表情、さっきも見たばかりだ、と森司は思った。——そう、植え込みに嘔吐《おうと》したあと、すがるように見あげてきた馬淵の顔そっくりだ。

もう一人の〝罰せられたい潔癖な少年〟が目の前にいる。

しかしこちらはインナーチャイルドではなく、本物の少年だった。そして事件そのものもまた、過去ではなく現在進行形であった。

「いきなりすみません。でも弟が、話したいことがあるというので」

古賀がやさしく弟の背を押す。

透哉は薄く口をひらこうとし、思いなおしたように唇を引き結んだ。その仕草は「言いたくない」のではなく「言うのが怖い」というふうに映った。

黒沼部長が微笑み、

「立ち話もなんだから、まあ中へ」

とうながした。

砂糖たっぷりの甘くて熱いコーヒーで人心地を付け、透哉はカップを両手で包むようにしてぽつりと切りだした。

「担任の、早船先生のことなんです――」

「うん、ごめんね」

部長が穏やかにさえぎった。

「ごめんね透哉くん。ぼくらは、きみが打ちあけてくれようとしている内容を、もしかしたら半分くらい察しているかもしれない。だから先に言っておくね。言いたくないことは無理に言わなくていいよ。ぼくらはただ、二階堂くんの行方を知りたいだけなんだから」

透哉の頬が目に見えて強張《こわば》り、そして弛緩《しかん》した。

目もとがくしゃっと歪《ゆが》む。

森司の胸にいま一度、〝罰せられたい少年〟という言葉が浮かんだ。

「――去年、地理を受け持たれたときから、やな感じだとは思ってたんです」

心配そうに見守る兄を横に、透哉は訥々《とつとつ》と話しはじめた。

「なんか、やけにひいきしてくるなって。廊下ですれ違っただけでも、やたら親しそうに話しかけてきたりして、勝手に距離感詰めてくる感じが苦手で」

押し殺した声で彼はつづけた。

「目を付けられた、って完全に思ったのは夏休み明けでした。おれ、本屋でうろうろしてたら万引きに間違えられたときがあって、そのとき早船先生にかばってもらって――もちろん防犯カメラですぐ疑いは晴れたんです。でも店を出てから先生に『ＬＩＮＥのＩＤ教えて』って言われて、かばってもらった恩があるから断れなくて。でも教えちゃったその日から、なんか、だんだん変な感じになっていって……」

「その万引き疑惑自体、先生が仕組んだことかもね」

藍がいやそうに言った。

「手近な店員に『あの子の挙動がおかしい』と耳打ちしてから、いったん店を出て帽子や上着を替えて戻り、教師の身分を明かして透哉くんをかばう。よくあるマッチポンプだけど、有効なことは確かよ」

「ナンパでも似たような手口はあるな。だが教師が生徒相手にやるんじゃ洒落《しゃれ》にならん」

と泉水が仏頂面で言う。

透哉が小柄な体をさらに縮めるようにして、

「土壇場で担任が替わって、早船先生になるって決まったとき、やばいって思ったんす。これから一年も二年も一緒なんて、絶対無理だって。とくに二、三年次の担任なんて受験が絡むから逆らえない相手だし、やばいことになったって、すげえ焦りました」

「言ってくれればよかったのに」

古賀が嘆息する。

だが、瞬時に透哉が、

「どう言えってんだよ」と嚙《か》みついた。

「親父にもお義母《かあ》さんにも、言いたくねえよそんなこと。ただでさえ、いろいろ気ぃ遣わしてるし――実の親にだって、相談したくないような、ことなのに」

「だよね。透哉くんの気持ちはわかる」

部長が割って入った。

「ごく単純ないじめでさえ、子供は親に言えないのが普通だ。心配をかけたくない、騒がれて大ごとにされたくない、プライドが許さない、その他諸々の感情があいまって自分だけで抱えこんでしまう。中学生男子なら、ごく当たりまえの心理だよ」

と取りなしてから、

「それより問題は、そこからどうして早船先生のターゲットが、きみから二階堂くんへ移ったかだ」

と部長が切りこんだ。

透哉がおびえた目を、はっと彼に向ける。

部長は微笑して、

「べつに責めるつもりはないよ、きみだって必死だったんだろうしね。想像するに、早船先生はきみと二階堂くんの両方に、去年からつばを付けていたんじゃないかと思うんだがどうかな」

「ああ——はい。そう、だと思います」

透哉はうなだれた。

捜索のため公開された二階堂健斗の写真を、森司は脳裏に思い浮かべた。そういえばあの子も、透哉と同じく小柄で整った顔立ちをしていた。

「クラスが替わって担任があいつになってから、わざとおれ、やばいやつらと一緒にいるようにしてたんす。ほんとうはああいうやつら、あんま好きじゃないけど。でも早船のほうから避けてもらうには、それが一番手っとり早かったから……」

「うん。だからきみほど処世術に長《た》けておらず、意識的に立ちまわれない二階堂くんに標的は絞られたわけだ。なるほど」

部長は顎《あご》を撫《な》でた。

透哉はうつむいたまま、

「でも、健斗がいじめられるのは、計算外でした」

と言った。

「早船のやつから、逃げたかったのはほんとです。あいつの目がおれから逸《そ》れて、健斗に向いたとき、ほっとしたのも認めます。だけど、まさかこんなことになると思わなかった。健斗があんなにクラスで浮いちまうとか、いじられまくるとか、そこまでは予想してなかったんです」

「わかるよ」

部長が相槌《あいづち》を打った。

「透哉くん、きみがそれについて気に病むのはわかる。でもクラスで二階堂健斗くんが孤立したのは、故意にその状況へ誘導していった者がいるからだ。それが誰かは、むろん言うまでもないよね。きみがまっさらの無罪だとは、ぼくも言うつもりはない。でもきみの罪は、きみが思うよりはるかに軽い」

「でも」

透哉は追いすがった。

「でもやっぱり、おれが悪いんだ。おれが健斗をかばってやればよかった。あの倉庫のときだって、何度か逃がしてやるチャンス、あったんだ。なのにできなかった」

この腕に、触られたんだ——と透哉は言った。そして左腕をあげた。

森司ははっとした。

透哉の肘《ひじ》からすこし上に、ぽつりと赤い点が生じる。弾《はじ》けて染みのように広がったかと思うと、どろりと流れだす。

血だ。鮮血だった。馬淵と同じだ。

「倉庫にあいつが入れられる直前、あいつ、おれの腕を摑《つか》もうとした。届かなくて指がかすっただけだったけど、でも、確かに触った。目が『助けて』って言ってた。なのにおれは——知らん顔して、背中を向けた」

透哉の語尾がぼやけた。

「おれが逆に、弱い立場に落とされんのが怖かったから。おれは卑怯《ひきょう》なやつなんだ。自分だけが可愛かった。自分さえよければ、それでよかったんだ」

「それが普通だよ」

少年の涙声を、冷静に部長が制した。

彼の前に立ち、両肩をそっと摑む。

「いいかい、その出血は二階堂くんの祟《たた》りなんかじゃない。きみの自己嫌悪の産物だ。きみ自身が、きみを誰よりも強く罰しているんだ」

「健斗じゃない——んですか」

呆《ほう》けたように透哉がつぶやく。

横から古賀が、弟の腕を白衣の裾《すそ》で押さえた。白衣がみるみる真っ赤に染まっていく。

「でもそれならなぜ、健斗はあの夜、おれの部屋へ」

倉庫へ閉じこめた夜、なぜ自分のもとにあらわれ、そして消えたのか——と透哉が腕を兄に押さえられながら問う。

　血の染みは二十センチほどに広がっていた。しかし、それ以上大きくなる気配はなかった。

　部長が唇をひらく。

「透哉くんを責める気持ちは、そりゃあゼロではなかったかもね。でも彼が彼であるうちに、きみに会っておきたいと思ったのかも」

「え？」

　透哉が問いかえした。

　部長が微笑む。

「とはいえまだ間に合うかもしれない。お互い言いたいことがあるなら、友達なら直接言うべきだよね。さあ、いっしょに二階堂くんに会いに行こうか」

10

　――明日は月曜か。

　早船守は舌打ちして、ビールの空き缶を屑籠《くずかご》代わりのビニール袋へ放った。だが、見事にはずれた。

　缶がフローリングの床に転がり、乾いた音をたてる。

早船はいま一度舌打ちした。まったく、駄目なときはなにをやっても駄目だ。つきに見放されたのをひしひしと感じる。

――この学校にも、もういられんかな。

新たな缶のプルトップを開ける。ひとくち呷《あお》り、盛大なげっぷを洩《も》らす。

異動には慣れていた。三度目の異動で妻は離婚を言いだし、出ていった。おかげさまでその後は、安月給から養育費を天引きされる惨めな日々だ。

いまや女には金を払わないと相手をしてもらえない。部屋は荒れ、まるでごみ溜《だ》めだ。食生活はといえばコンビニとラーメン屋、牛丼屋を往復するだけである。まだ三十代だというのに、去年は健康診断で尿酸値と血糖値がひっかかった。

つまらない人生だ。ストレスばかりの無為な毎日だ。

――だから、ちょっとくらいのストレス発散は必要じゃないか。

早船のターゲットは、最初は女子生徒に限られていた。だが三十の声を聞くか聞かないかの頃から、男子生徒も標的に加わった。

ひとつには女子より男子のほうがばれにくいからだ。性的被害に声をあげる男児は、統計上きわめてすくない。親もまた、女児相手ほど注意を払わない。問題にされる確率はかなり低いと言えた。

もうひとつには、支配欲の充足である。

簡単に屈服させられる女子より――そう、男子生徒のほうが、歯ごたえがある。そして与えられる屈辱感が大きい。

自分は児童性愛者でも同性愛者でもない、と早船は思っていた。満たされるのはあくまで性欲ではなく、支配欲と征服欲であった。

――しかし今回は、下手を打ったな。

弁当に添えられた漬け物を嚙《か》み砕《くだ》いて、早船は顔をしかめた。

孤立させた生徒がいじめに遭うのは、想定の範囲内だ。むしろ既定路線と言ってもいい。だがまさか、こんな大ごとになるとは思わなかった。

――これは最悪、現場からはずされてしまうかもしれない。

公務員が身内に甘いのは世に知られた事実で、教育界もご多分に洩れない。たとえば大津《おおつ》で起こったいじめ自殺事件において、担任は一箇《か》月の減給処分とされただけだった。教育長も同じく減給処分。依願退職し、退職金を満額受けとったという。

早船はまさに、その甘さに付けこんで教育界を渡っていた。

彼はたいていの中学において、

「あいつはおかしい」

「どうも、陰で妙な真似をしているようだ」

と一、二年で嗅《か》ぎつけられた。そのたび県内各地を異動させられてきた。たらいまわしであった。早船自身、唯々諾々とその命令に従ってきた。

よほどのことでもない限り、教師に懲戒免職などあり得ない。しかし今回はその「よほどのこと」が起こりかけていた。

——あのガキども、よけいなことしやがって。

クラスの質がよくないのは担任に着いたときからわかっていた。

公立校はクラスの成績レベルを均一にするべく、優秀な子とそうでない子とを選抜してばらけさせる慣習がある。二階堂健斗は「優秀」で、野平透哉は「やや優秀」だった。だがそれ以外の男子生徒に、なぜか「素行に問題あり」が多かった。クラス編成の担当者が、しくじったとしか思えない。

とはいえ、それも好都合だと最初は思っていた。

野平透哉に手を出しにくくなったのは誤算だったが、代わりに二階堂健斗が絶好の獲物となった。

来年も担任できるとは思っていなかった。しかしそのぶん一年間、たっぷり楽しむつもりであった。

それがまさか、こんな予期せぬアクシデントが起こるとは。

——健斗のやつ、このまま見つからなければいいんだがな。

早船は缶を握り潰《つぶ》した。

長期の失踪《しっそう》事件なら誘拐の可能性が高くなる。となれば、おそらくいじめとは別件扱いにされ、責任問題は宙ぶらりんになるだろう。七割強の確率で、不透明なまま蓋《ふた》をされてしまうはずだ。そうであって欲しかった。

玄関の方角から、かたりと物音がした。

「なんだよ、くそ……」

早船は振りかえり、毒づきながら立ちあがった。

どうせまたマスコミだろう。この週末だけでテレビ局に一回、地方紙に二回押しかけられた。このぶんでは明日の学校がどれだけの騒ぎになっているか、予想もつかない。しかし休んでいいとは言われていなかった。早船は口の中で幾度も舌を弾《はじ》いた。

リヴィングを出て、三和土《たたき》でサンダルを突っかける。

玄関ドアのスコープを覗《のぞ》いた。それらしき姿は見えなかった。だが確かに、扉の向こうに気配があった。

早船は扉を薄く開けた。

人影が立っていた。薄暗い廊下の突きあたりに、黒いシルエットが浮かびあがっている。早船は目を凝らした。

ひどく小柄な影だった。子供と見まごうばかりだ。

「誰だ」

相手が小男とみて、安堵《あんど》する。早船はドアチェーンをはずし、アパートの共同廊下へ出た。

途端に小男が走りだした。

「おい」

早船はあとを追い、外階段を駆けおりた。

相手が屈強にはほど遠いこと、また逃げたことで彼は強気になっていた。

さいわい酔いのまわった足でも追いつけるほど、小男の足は遅かった。電球の切れた街灯の下で、早船は男を捕まえた。

「おい、名刺を出せ」

肩を摑《つか》み、居丈高に叫ぶ。

「どこの記者だか知らんが、なめた真似をしやがって。おまえらがやってることはプライバシーの侵害だぞ。私有地にずかずか入りこんできたんだから、不法侵入で通報したっていいんだ。それがいやなら、詫《わ》びを入れてさっさと――」

さっさと帰れ、と言いかけた声が、途中で消えた。

――息が。

息ができない。

愕然《がくぜん》と喉《のど》を押さえようとあげた手も、なかばで止まった。

息が詰まる。なぜか呼吸ができない。喉が、頸骨《けいこつ》が激しく痛んだ。

体がひとりでに、上へ持ちあげられていく。早船はゆっくりとつま先立ちになっていった。まるで見えない縄が首に巻きつき、彼を吊《つ》るそうとでもしているかのように。

顎《あご》が下がり、口から舌が垂れる。咳《せ》き込みたいのに、それもかなわない。体の自由がきかない。

小男が振りかえった。

途端、早船は驚愕《きょうがく》した。

――健斗。

苦しい。目がかすむ。少年の顔が、二重写しに見える。

だが重なっているのは健斗の顔ではなかった。鈍重そうに太った、見知らぬ少年だった。にやにやと小気味よさそうに笑っている、粘りつくような、不快な笑顔だった。

早船は健斗の名を呼ぼうとした。もがきながら、手を伸ばした。

だがあと数センチのところで届かなかった。

首がいっそう絞まる。朦朧《もうろう》とする。

肺から酸素が絞りだされていく。意識が途切れそうだ。

――苦しい。

まさか、おれは死ぬのか。なぜ。いやだ。こんなところで死にたくない。死にたくない死にたくない死にたくない。ぼくは悪くないのに。あんなやつらのせいで。なぜぼくが死ななきゃならなかった。なぜ誰も守ってくれなかった。あいつらが死ねばよかったのに。そうだ、死ね。死ね死ね死ね死ね死ね死ね死ね死ね死ね死ね。みんな死ね。どいつもこいつも死ね。ぼくは悪くない。ここから出して。出して出して出して。死ね死ね死ね死ねああああああ殺す殺す殺す。

誰かの意識が雪崩れこんでくる。混ざりあい、溶けて、侵蝕《しんしょく》される。自分の意識が霞《かす》み、消えていく。

代わりに染みのように広がるのは、真っ黒な憎悪。殺意と怨嗟《えんさ》。どろどろと濃く深い、底なしの沼のようだ。

——呑《の》みこまれる。

沈んでしまう。あらがえない。

気づけば早船は、脳内でごめんなさい、と繰りかえしていた。

ごめんなさい、おれが悪かった。許してください。そんなつもりじゃなかった。ただ、ただすこし、魔がさしたんだ。遊びだった。これくらい、たいしたことじゃないと思ったんだ——。

「健斗！」

誰かが叫んでいる。

誰だ。いや誰でもいい。助けてくれ。

お願いだから、いますぐおれを——。

そう祈った瞬間、早船の意識はふつりと途切れた。


「健斗！」

そう叫んだのは透哉だった。

目の前の光景が信じられなかった。早船の体が、ほんのわずか宙に浮いている。つま先が数ミリ、地面から離れている。

まるで電球の切れた街灯の柱で、首を吊ってぶら下がっているかのようだ。

早船から一メートルほど先に、健斗がいた。

だが顔つきが違った。眼も違った。健斗はあんな表情をしない。あんな眼で他人を見ない。ならばあれは、いったい誰だ。

「彼じゃない」

背後から、黒沼部長がささやいた。

「あれは二階堂健斗くんであって、同時に彼じゃない。あれの半分は——いやもしかしたら半分以上は、知久昴くんだ」

「そのとおり」

森司も透哉にうなずきかける。

立花の力を借りなければ渋谷果林が丁字路から動けなかったように、知久昴もまた、あの倉庫から動けずにいた。

どうして倉庫の前で知久昴の気配をほとんど感じなかったかを、森司はようやく悟っていた。なぜって、彼はもう〝出て〟いたからだ。

彼は健斗を得て、その怒りと悲しみと絶望を餌にして、はじめて倉庫から出ることができた。八年の時を経て熟成された憎悪と怨念《おんねん》は、知久昴を無差別な殺意の塊に変えていた。

「知久くんから、なんとかして二階堂くんを引き離して」

部長が透哉の耳もとで言った。

「早船のもとへ来るまでに、彼らは三日を要している。知久くんが二階堂くんの意思と良識をねじ伏せるのに、それだけの時間がかかったからだ。まだ一枚岩じゃないんだ」

宙吊《ちゅうづ》りの早船の足が、こまかく痙攣《けいれん》しはじめている。持ち時間はもう、さほど長くない。

透哉の頬を汗がひとすじ伝った。

「いまの彼らは強い。でも二階堂くんから引き剝《は》がしてしまえば、知久くん一人はけして強くない。頼むよ、きみが最後の頼みの綱だ」

森司の目に、透哉はいまにも失神寸前に映った。しかし青ざめた顔で、透哉はかすかにうなずいた。

——苛烈《かれつ》ないじめを受けていた、知久昴。

大場芽衣と同じ場所で死を選んだ少年だ。

彼は生前に芽衣と知り合っていた。シンパシーもあったに違いない。だからこそあの倉庫で、同じ縊死《いし》を選んだ。そして同じくあそこにとどまっていた。

だが二階堂健斗を〝迎え〟た彼と芽衣には、大きな差異があった。知久昴はすでに意識のない怨嗟の塊だった。彼は健斗を、ただの自分のための媒体と見た。そしてなにより彼は、外へ出ていける日を待っていた。

「健斗」

震える足で、透哉は一歩前へ進み出た。

「な──なに言っていいか、わかんないな。わかんないけど、言えることって、一つしかないから言うよ。……ごめん」

声も、肩も震えていた。おびえが表情に貼りついている。

「ごめん。おまえの身になにが起こってるか、完全にわかってたのって、たぶんおれだけだ。なのに、見ないふりしてごめん。誰にも言わなくてごめん。かばってやらなくて……ごめん」

短い沈黙があった。

健斗の唇が薄くひらく。

「──笑ってた？」

「え」

「ぼくを、笑ってた？」

森司は目をすがめた。

金田医師の診察室で、知久昴の顔写真を見た。あの肥満した少年の顔が二階堂健斗の造作に重なっている。年月を経てひどく歪《ゆが》んでしまってはいるが、確かに同じ顔だ。

そして知久昴のほうが、いまは健斗よりずっと気配が濃い。

「殴られるより、蹴《け》られるより──、笑われるほうがずっと痛い。わかるだろ？」

知久昴の顔をして、少年はそう言った。透哉が息を呑むのがわかった。

「おまえも、ぼくを、笑ってたんだろ？」

——あいつらと一緒に。

——先生の後ろで、一緒に。

「違う」

透哉はかぶりを振った。

「違う、違う——。笑うわけ、ない」

焦りで舌がもつれる。

透哉は息を吸いこみ、吐きだすように一気に言った。

「だっておれも、早船先生に同じことされそうだったんだから。——証拠だって、持ってる」

握りしめすぎた拳《こぶし》が、血の気を失って白くなっていた。

「健斗。先生のこと、おれも証言する。ごめん、いままで黙ってたけど、あいつから来たメールもLINEも画像も、全部保存してあるんだ」

語尾が涙でふやける。

「おれ、おまえと違ってずるいから……もしものときのために、複数のサーバとUSBに保存してた。USBは、駅のコインロッカーの中」

透哉は顔をあげた。

「でも、おまえがいなくなるまで、わかってなかった。もうとっくに〝もしものとき〟は来てたんだって」

乞《こ》うように、彼は両掌を合わせた。深く首《こうべ》を垂れた。

「ごめん健斗。謝るから。何十回でも何百回でも謝るから。戻ってこいよ。あんな――あんなやつのために、おまえが人殺しになること、ない」

透哉は叫んだ。

「証拠はあるんだ。おれたちの、勝ちだ」

――おれたちの。

その刹那《せつな》、森司は二階堂健斗の形相が、ぐにゃりと大きく歪むのを視た。

本来の健斗の顔があらわれ、表面を膜のように覆っていた知久昴の顔が斜めに捩《ねじ》れた。

健斗の体がよろめく。

知久昴は健斗の全身を這《は》うように、よじれ、うねりながら波打っていた。皮膚の上を蠢動《しゅんどう》している。

森司は思わず、数歩前へ出た。

健斗の体が、二つに引きちぎれてしまうかに見えた。健斗は頭を両手で抱え、断末魔のけもののような声で唸《うな》っていた。その声が次第に弱よわしく、か細くなり――。

ふっと、体ごとかき消えた。

同時に重いものが、アスファルトに落下するにぶい音がした。

早船だ。泉水が駆け寄り、呼吸を診た。胸を押し、気道を確保して人工呼吸をはじめる。

救急車のサイレンが近づいてくるのが聞こえた。離れた建物の二階から様子をうかがっていた、藍とこよみが呼んだに違いなかった。

透哉の体がふらりと泳いだ。

放心していた。その肩を、背後から古賀が支えた。

薄闇に、雨が匂った。

エピローグ

あれから三日が過ぎた。

二階堂健斗は日曜夜のうちに、例の空き倉庫で倒れているのが発見された。第一発見者は、彼を見つけて通報しただけでその場を立ち去ったらしい。森司の知る限りでは早船守に救急車を呼んだのと同じ女の声のはずだったが、いまのところ警察がその二本の通報を関連づけた様子はない。おそらくは、これからもないだろう。

「扶桑中の校長や教頭は、マスコミの対応に右往左往してるらしいな」

大学構内の舗道を歩きながら、そう森司は言った。

「二階堂くんの不可解な失踪《しっそう》と担任教師の自殺未遂騒動が重なって、全国ニュースになってしまいましたもんね」

とこよみが相槌《あいづち》を打つ。

相変わらず空は雨雲に塞《ふさ》がれているものの、ここ数日はたまに雲が割れて、青空が覗《のぞ》くこともあった。

遠くの雲間から、斜めに陽光が射しこんでいるのが見える。いわゆるジェイコブの梯《はし》子《ご》だ。

「週刊誌が早船の過去をあっさり洗い出してくれたのも大きかったな。やっぱりどこの学校でも問題起こしてたんだ、あいつ。『学校側の管理体制が問われる』どころの話じゃなくなって、県のお偉いさんの首がいくつ飛ぶかわからない状況だってさ」

「透哉くんと二階堂くん、大丈夫でしょうか」

と、こよみが眉宇《びう》を曇らせる。

「大ごとになってしまったぶん、風当たりも厳しいんじゃないですか」

「まあ二人だけで戦うなら厳しいかもしれないけど。でもほら、彼らには参謀がたくさんくっついてるから」

森司は苦笑した。

「部長はもちろんとして、矢田先生あたりが率先して人脈集めまくってるようだしさ。あ、そういえば古賀さんも『昔みたいに兄弟仲がよくなってきた』と喜んでるらしいよ。透哉くんが、そろそろ苗字呼びをやめてくれそうな様子だとか」

「不幸中のさいわいですね」

「梅雨時期だけに、雨降って地固まる、かも」

と言ってから森司は「ごめん、おっさんみたいなこと言っちゃったな」と恥じ入った。こよみが「いえ」と微笑む。

森司は咳《せき》ばらいして、

「で、今回の件を通して思ったんだけど」

　と言った。

「――大河内がきみにしてることも、まさにパワハラだよな」

　こよみの肩が、ぴくりと震えた。

　森司がつづける。

「藍さんは『男の後ろ盾がない女子学生に粘着する悪い癖』と言ってたけど、問題の核は付けまわすとかどうとかじゃないんだろ？　何度も何度もレポートを突っ返してやりなおさせる。『こんなこともできないのか』、『なにをやらせても駄目だな』と一方的に押さえつける。それが、やつの常套《じょうとう》手段なんじゃないの」

　こよみが立ち止まり、うつむいた。

「ごめん」

　と森司は言った。

「ごめん、気になったから、つい。灘と同ゼミの子に、おれと同じ高校のやつがいるんだ。そいつからいろいろ聞いた。勝手なことしてごめん」

「いえ」

　こよみが首を振った。

「わたしこそ、全部打ちあけなくてすみません。でもレポートを再提出しろと言われたり、きつい指導を受けてるのはわたしだけじゃないんです。だから、その――そこを不満に思うのは、甘えかなって」

「自分だけじゃない、ほかの人だって言われてる。ターゲットにそう思わせるのが、彼の手口なんだと思うよ」

森司は言った。

「注意を受けたり、厳しく指導されるのは灘だけじゃない。それはほんとうだろう。でもいわれのない叱責を繰りかえしたり、不備のないレポートに難癖をつけて突っ返したり、『おまえは駄目だ、駄目だ』と何度も皆の前で決めつけるのは、あきらかにハラスメントだ」

こよみは答えなかった。だが森司は言葉を継いだ。

「准教授の角村先生のお気に入りだから、大河内は同じ学生とはいえある程度の権力がある。それを利用して、すこしずつ標的の女子学生の自尊心を削っていくのが彼のいつもの手なんじゃないかな。……クリニックの金田先生が言っていた、『支配欲』ってやつだ」

森司は言葉を切り、背後を振りかえった。

数メートル離れた先で、男がぎくりと体を跳ねあげる。

大河内だった。

「今日は、角村先生とご一緒じゃないんですか」

森司は呼びかけた。

大河内は無言だった。気まずそうに、ただ顔をそむけた。

彼の横顔から視線を動かさず、森司は言った。

「角村先生にお伝えください。『かねだ心療クリニック』であなたの写真を見ました、と」

――中途半端に有能な人間が支配欲にかられた場合も、これはこれで厄介なんだよ。

そう言いながら、金田医師は壁の一点を見つめていた。奇妙な目つきだった。

つられて森司は視線の先を追い、壁の写真の男の顔に「どこかで見覚えがあるような」と訝《いぶか》しんだ。

その正体に気づいたのはたっぷり二日後、夕飯の準備をしている最中だ。体型も髪型もだいぶ変わっていたが、あれはまぎれもなく、若き日の角村准教授だった。

森司は息継ぎして、

「どうしても気になって、クリニックに電話して訊《き》いたんです。角村先生と金田先生とは、大学時代のご友人だそうですね。現在の角村先生は教育学部で教育心理学に携わる立場だが、もともとの専攻は児童心理学だった。金田先生は固有名詞こそ最大限ぼかしながらも、こっちの知りたいことにはちゃんと答えてくれましたよ」

そこまで一気に言ってから、声を低めた。

「――あの人、常習犯なんですね」

大河内は身じろぎ一つしない。

やはり森司とは、目を合わせようともしない。

「まずあなたが女の子の心を折って、角村先生が甘い言葉をかける。飴《あめ》と鞭《むち》で支配していくのが、あなたたちの手口なんですよね？　……角村先生は『かねだ心療クリニック』でボランティアをしていた時期があった。陰の悪評に気づいて、金田先生が彼を遠ざけるまで、数年にわたって」

語尾が、苛立《いらだ》ちでわずかに揺れた。

「ほんとうの支配欲の持ち主はあなたじゃない。角村先生だ。あなたは彼の寵愛《ちょうあい》と、付随するおこぼれが欲しくて女子学生を〝献上〟しているだけの子分に過ぎない」

意図的に森司は侮辱を投げた。

だがやはり、大河内は無反応だった。

森司は眉根《まゆね》を寄せた。

「たいしたことじゃないと思ってるんでしょう。自分の才覚で、なんとでもおさめられると、まだたかをくくっているんでしょう？　でももし被害者たちがいっせいに声をあげたら、どうなるかな。いま扶桑中で起きているような、大規模な糾弾が起こるんじゃないですか？」

ようやく大河内の頰に狼狽《ろうばい》が走った。

森司は語気を強めた。

「ちょうど全国のマスコミが、市内に集まっている真っ最中だ。どうです、試してみましょうか」

いまや大河内は、額にうっすらと汗をかいていた。せわしなく手を握ったりひらいたりしている。その掌も、間違いなく汗ばんでいるはずだった。

「――試してみたいですか？」

駄目押しのように森司は言った。

大河内がきびすを返す。

早足で去っていく彼を、森司は苦にがしく見送った。こいつらも同じだ。知久昴が二階堂健斗の実体を必要としたように、一人じゃなにもできやしないんだ――と。

「……ごめん、灘」

ゆっくりと森司は、こよみを振りかえった。

「藍さんに『穏便に済ませろ』、『有耶無耶《うやむや》にしといたほうがいい』って言われてたのに、つい言っちゃったよ。……ほんとごめんな。向こうの出方次第じゃ、灘がゼミを移らないといけないかも」

「いえ」

こよみが胸の前で手を組んで、微笑んだ。

「移ったっていいんです。――大河内さんが逃げていったの、痛快でした。こんな言いかたはよくないかもしれないけど、すかっとしました」

花が咲いたような笑顔だった。

一片の曇りもない、ここ数箇月というもの目にしていなかった笑みだ。

ここ最近のこよみは、笑ってはいても表情のどこかに一点の憂いがあった。その憂いが、消え去っていた。

「ありがとうございます、先輩」

「いやあ」

森司は目を細めた。

「お礼なんて、いいよ」

「でも」

「いいんだって」

森司は頭を掻《か》き、言った。

「——だっておれ、灘の、その顔が見たかったんだ」

こよみが目を見ひらく。

しかし照れてうつむいていた森司は気づかなかった。

「見れて、満足しちゃったからさ。だからいいよ。こっちこそ、ありがとうな」

「……先輩って……」

「え？」

森司は顔をあげた。

「先輩って、ほんとに……」

なんだこの表情、見覚えがあるぞ、と森司は思った。

ちょっと前に、鈴木にもこんな顔をされた気がする。苦笑と含羞《がんしゅう》と、意味のわからない賛嘆が混じった表情。でも今回はそれだけじゃなく、瞳《ひとみ》にもうすこし違う色があるような——。

しかし森司がそれを見きわめる前に、

「なんでもありません」

と、こよみが頬を引き締めた。瞬時にいつもの凜《りん》とした彼女に戻る。

森司は安堵《あんど》すると同時に、それをほんのわずか残念に思った。

あと一分、いや三十秒でいいから、さっきの彼女の顔を見ていたかった気がする。自分が望む答えが、その中にあったような。

だがはっきりと摑《つか》む前に、あいまいな思考は紫煙のごとく宙に溶けて消えていく。

「あ、そういや灘、ランチは」

どうしようか、と習慣で訊きかけて、森司ははっとした。

——そうだ。おれ、さっき勢いで大河内を撃退しちまったんだっけ。

完全に解決したか不明とはいえ、自分が『彼氏役』として御役御免になったことは確かだ。

さっきの様子では、大河内並びに角村准教授がこよみに付きまとうことは二度とあるまい。となればボディガードなどいらないわけで、毎日のランチも送り迎えも不要で、夢のような日々は、これにて終焉《しゅうえん》──。

──世の中にはね、あえて白黒つけず有耶無耶にしといたほうがいいこともあるのよ。

藍の台詞《せりふ》が、いまさらながら脳裏でリフレインする。

森司は胸中で掌を合わせた。

藍さん、すみません。愚かな後輩は、いまやっとあなたの思いやりを理解しました。あれはダブルミーニングだったんですね。アドバイスどおり、解決せず有耶無耶なままにしておけばよかったんですよね。そうすれば、おれはすくなくとも卒業まで、半永久的にこよみちゃんの彼氏役を……。

──うわああああああ！　おれの阿呆《あほう》！

森司は脳内で地団駄を踏んだ。

胸中に設定したもう一人の自分を殴り、罵《ののし》り、背負い投げした。さらに蹴《け》り、無慈悲に断崖《だんがい》から突き落とした。

精神に置き去りにされ、無表情のまま固まっている本体を、こよみが心配そうに覗《のぞ》きこむ。

「……どうしました、先輩？」

「あ、いや」

気をとりなおし──きれなかったが、森司はなんとか微笑んでみせた。

「ええと、その、もう梅雨も終わりだなあ……と思って」

「そうですね」

　こよみが空を見あげた。

　青みを増した紫陽花《あじさい》が、雨の陰鬱《いんうつ》さを弾《はじ》くようにあざやかに咲き誇っている。農学部の花壇では、今年も朝顔が無事に芽吹いている。

　湿った風が、泣き笑いの森司の頬をかすめるように過ぎていった。

引用・参考文献

『世界不思議百科』　コリン・ウィルソン　ダモン・ウィルソン　関口篤訳　青土社
『世界の謎と不思議百科』　ジョン&アン・スペンサー　金子浩訳　扶桑社ノンフィクション
『世界文学全集　第8』　松村達雄訳　河出書房新社
『日本の幽霊事件』　小池壮彦　ダ・ヴィンチ／幽編集部編　KADOKAWA
『ワールド・ミステリー・ツアー13〈4〉東京篇』　図書印刷同朋舎
『神秘の世界　超心理学入門』　宮城音弥　岩波書店
『スクールセクハラ　なぜ教師のわいせつ犯罪は繰り返されるのか』　池谷孝司　幻冬舎
『あなたは子どもの心と命を守れますか！』　武田さち子　WAVE出版
『誰か僕を止めてください　～少年犯罪の病理～』　産経新聞大阪社会部　KADOKAWA
『大津中2いじめ自殺　学校はなぜ目を背けたのか』　共同通信大阪社会部　PHP研究所

本作は書き下ろしです。
この作品はフィクションです。実在の人物、団体等とは一切関係ありません。

ホーンテッド・キャンパス　水無月《みなづき》のひとしずく
櫛木理宇《くしきりう》

角川ホラー文庫　20604

平成29年10月25日　初版発行
令和6年5月30日　5版発行

発行者———山下直久
発　行———株式会社KADOKAWA
〒102-8177　東京都千代田区富士見2-13-3
電話 0570-002-301（ナビダイヤル）
印刷所———株式会社KADOKAWA
製本所———株式会社KADOKAWA
装幀者———田島照久

●お問い合わせ
https://www.kadokawa.co.jp/（「お問い合わせ」へお進みください）
※内容によっては、お答えできない場合があります。
※サポートは日本国内のみとさせていただきます。
※Japanese text only

ISBN978-4-04-106149-7 C0193

角川文庫発刊に際して

角川源義

第二次世界大戦の敗北は、軍事力の敗北であった以上に、私たちの若い文化力の敗退であった。私たちの文化が戦争に対して如何に無力であり、単なるあだ花に過ぎなかったかを、私たちは身を以て体験し痛感した。西洋近代文化の摂取にとって、明治以後八十年の歳月は決して短かすぎたとは言えない。にもかかわらず、近代文化の伝統を確立し、自由な批判と柔軟な良識に富む文化層として自らを形成することに私たちは失敗して来た。そしてこれは、各層への文化の普及滲透を任務とする出版人の責任でもあった。

一九四五年以来、私たちは再び振出しに戻り、第一歩から踏み出すことを余儀なくされた。これは大きな不幸ではあるが、反面、これまでの混沌・未熟・歪曲の中にあった我が国の文化に秩序と確たる基礎を齎らすためには絶好の機会でもある。角川書店は、このような祖国の文化的危機にあたり、微力をも顧みず再建の礎石たるべき抱負と決意とをもって出発したが、ここに創立以来の念願を果すべく角川文庫を発刊する。これまで刊行されたあらゆる全集叢書文庫類の長所と短所とを検討し、古今東西の不朽の典籍を、良心的編集のもとに、廉価に、そして書架にふさわしい美本として、多くのひとびとに提供しようとする。しかし私たちは徒らに百科全書的な知識のジレッタントを作ることを目的とせず、あくまで祖国の文化に秩序と再建への道を示し、この文庫を角川書店の栄ある事業として、今後永久に継続発展せしめ、学芸と教養との殿堂として大成せんことを期したい。多くの読書子の愛情ある忠言と支持とによって、この希望と抱負とを完遂せしめられんことを願う。

一九四九年五月三日

ホーンテッド・キャンパス

櫛木理宇

青春オカルトミステリ決定版！

八神森司は、幽霊なんて見たくもないのに、「視《み》えてしまう」体質の大学生。片想いの美少女こよみのために、いやいやながらオカルト研究会に入ることに。ある日、オカ研に悩める男が現れた。その悩みとは、「部屋の壁に浮き出た女の顔の染みが、引っ越しても追ってくる」というもので……。次々もたらされる怪奇現象のお悩みに、個性的なオカ研メンバーが大活躍。第19回日本ホラー小説大賞・読者賞受賞の青春オカルトミステリ！

角川ホラー文庫

ISBN 978-4-04-100538-5